COLLECTION FOLIO

Maylis de Kerangal

Corniche Kennedy

Gallimard

Cet ouvrage a précédemment paru aux Éditions Verticales

Maylis de Kerangal est l'auteur de nouvelles, *Ni fleurs ni couronnes* («Minimales», 2006), d'une fiction en hommage à Kate Bush et Blondie, *Dans les rapides* (2007), et de romans parus aux Éditions Verticales, dont *Je marche sous un ciel de traîne* (2000), *La vie voyageuse* (2003), *Corniche Kennedy* (2008), *Naissance d'un pont* (prix Franz Hessel et prix Médicis 2010), *Tangente vers l'est* (prix Landerneau 2012), *Réparer les vivants* (Roman des étudiants – France Culture - *Télérama* 2014; Grand Prix RTL-*Lire* 2014; prix Orange du Livre 2014; prix littéraire Charles Brisset; prix des lecteurs *L'Express*-BFMTV 2014; prix Relay des Voyageurs 2014 avec «Europe 1»; prix Paris Diderot-Esprits libres 2014; Élu meilleur roman 2014 du magazine *Lire*; prix Pierre Espil 2014; prix Agrippa d'Aubigné 2014; Grand Prix de littérature Henri Gal de l'Académie française 2014 pour l'ensemble de son œuvre). Elle est par ailleurs membre de la revue *Inculte*.

quand on est au bal, il faut danser

(adage russe ?)

Ils se donnent rendez-vous au sortir du virage, après Malmousque, quand la corniche réapparaît au-dessus du littoral, voie rapide frayée entre terre et mer, lisière d'asphalte. Longue et mince, elle épouse la côte tout autant qu'elle contient la ville, en ceinture les excès, congestionnée aux heures de pointe, fluide la nuit – et lumineuse alors, son tracé fluorescent sinue dans les focales des satellites placés en orbite dans la stratosphère. Elle joue comme un seuil magnétique à la marge du continent, zone de contact et non frontière, puisqu'on la sait poreuse, percée de passages et d'escaliers qui montent vers les vieux quartiers, ou descendent sur les rochers. L'observant, on pense à un front déployé que la vie affecte de tous côtés, une ligne de fuite, planétaire, sans extrémités : on y est toujours au milieu de quelque chose, en plein dedans. C'est là que ça se passe et c'est là que nous sommes.

Un panneau d'affichage leur sert de repère : derrière le poteau, le parapet révèle une ouverture sur un palier de terre sablonneuse semé de chardons à guêpes et de gros taillis inflammables, lesquels s'écartent à leur tour pour former des passages vers les rochers.

On sait qu'ils vont venir quand le printemps est mûr, tendu, juin donc, juin cru et aérien, pas encore les vacances mais le collège qui s'efface, progressivement surexposé à la lumière, et l'après-midi qui dure, dure, qui mange le soir, propulse tout droit au cœur de la nuit noire. Chaque jour il y en a. Les premiers apparaissent aux heures creuses de l'après-midi, puis c'est le gros de la troupe, après la fin des cours. Ils surgissent par trois, par quatre, par petits groupes, bientôt sont une vingtaine qui soudain forment bande, occupent un périmètre, quelques rochers, un bout de rivage, et viennent prendre leur place parmi les autres bandes établies çà et là sur toute la corniche.

La plupart auront pris le bus, le 83 ou le 19, le métro pour ceux qui viennent du nord, et quelques autres, ceux-là plus rares, débouleront en scooter ou sur tout autre engin terrible dont ils auront augmenté la puissance d'un pot de détente disproportionné – on les entend venir de loin, lancés sur leur bolide, ils ralentissent dans le virage, accélèrent en fin de courbe, blindent sur cinquante mètres, freinent à mort à hauteur du panneau, alors dérapage contrôlé, pneus qui crissent, hop sur le trottoir, vroum vroum, reprise de moteur deux ou trois fois d'un coup de poignet viril et ils coupent tout – des p'tits cons.

Sitôt sur le palier, ils écartent les taillis qui obstruent la descente, gueulent si éraflés – feuilles canifs vert-de-gris –, et passé la barrière végétale, la pente est escarpée, le bruit de leurs baskets résonne sur les rochers bam bam, lentement, puis de plus en plus rapide, et alors les voilà sur la plate-forme, et sous la ville en somme, sous le vacarme de la quatre voies compacté en arrière-plan sonore, souffle caverneux – un réfrigérateur que l'on ouvre la nuit dans une cuisine déserte –, et quand se greffe la stridence d'une Maserati ou le flat six d'une Porsche 911, tous sursautent, et reconnaissent.

Illico s'agglutinent les uns aux autres, se touchent, se frottent, se bousculent, se font la bise – si fille-fille ou fille-garçon –, se tapent dans la main, paume sur paume, poing sur poing, phalange contre phalange – si garçon-garçon –, s'invectivent, exclamatifs, crus, juvéniles, agglomèrent leurs sacs, baskets, sandales, tongs, vêtements, casques, étendent leurs serviettes à touche-touche ou les disposent en soleil avec au milieu un lecteur radio pourri, deux ou trois litres de Coca, des paquets de clopes, alors les éclats de leur voix ricochent sur la pierre, rebondissent et s'entremêlent, clameur splendide, brouhaha qui les fusionne autant qu'il les fissure, éclate, mat et sec, tandis qu'en face, sur le front de mer, les rideaux s'écartent aux fenêtres des hôtels luxueux et des villas rococo, éblouissantes à travers le feuillage citronné des jardins – et, parmi eux, ceux de la chambre d'une adolescente qui a collé son front contre la vitre pour en éprouver le contact glacé, s'y écrase maintenant la face comme si elle cherchait l'air du dehors, et regarde en bas, bouche ouverte, nez tordu, cœur palpitant –, et plus loin encore, en arrière de la route, sur la haute façade d'un immeuble blanc de belle architecture, les stores bougent aux ouvertures – et, parmi eux, ceux du bureau d'un homme solitaire qui a glissé ses prunelles orageuses et veloutées entre deux lattes, bientôt sortira braquer sur la plate-forme ses jumelles de haute précision, et observe, silhouette corpulente, masse sombre à l'affût –, des bouches mastiquent, tiens, revoilà la racaille, la saleté, et pourtant restent des heures collées aux carreaux, figures hypnotisées par ce monde brûlant où chaque silhouette est une forme mordante, chaque ombre une découpe précise, un trait d'encre rapide, mortels touchés au cœur par ce bloc de vie qui prend corps à mesure qu'il se disloque et se réarticule, à la manière d'une constellation fébrile, fascinés par cette troupe où chacun se précipite autant qu'il suit son idée, vient y mener sa propre affaire, retourner ses poches et apporter ses prises, pour les balancer entre tous, où chacun passe, ramasse, multiplie, capte, fourgue.

Les petits cons de la corniche. La bande. On ne sait les nommer autrement. Leur corps est incisif, leur âge dilaté entre treize et dix-sept, et c'est un seul et même âge, celui de la conquête : on détourne la joue du baiser maternel, on crache dans la soupe, on déserte la maison.

Nul ne sait comment cette plate-forme ingrate, nue, une paume, est devenue leur carrefour, le point magique d'où ils rassemblent et énoncent le monde, ni comment ils l'ont trouvée, élue entre toutes et s'en sont rendus maîtres ; et nul ne sait pourquoi ils y reviennent chaque jour, y dégringolent, haletants, crasseux et assoiffés, l'exubérance de la jeunesse excédant chacun de leurs gestes, y déboulent comme si chassés de partout, refoulés, blessés, la dernière connerie trophée en travers de la gueule ; mais aussi, ça ne veut pas de nous tout ça déclament-ils en tournant sur eux-mêmes, bras tendu main ouverte de sorte qu'ils désignent la grosse ville qui turbine, la cité maritime qui brasse et prolifère, ça ne veut pas de nous, ils forcent la scène, hâbleurs et rigolards, enfin se déshabillent, soudain lents et pudiques, dressent leur camp de base, et alors ils s'arrogent tout l'espace.

La plate-forme – ils disent la Plate – est une portion de territoire longue de trente mètres environ, large de huit, un amalgame de grosses pierres concassées au bulldozer, assemblées en plan et cimentées d'une pâte crayeuse, grossière, friable. Elle est orange violine ou jaune-gris selon les heures et les saisons, mate aux extrémités du jour, rissolée à midi comme une assiette de nems, brûle alors la plante des pieds, et conserve la chaleur si bien que c'est délice le soir venu de s'y allonger sur le ventre, la peau nue, la joue posée à même la roche doucement cabossée. Quelques trous y réservent çà et là des mares d'eau stagnante qui puent le sel et la pisse, mais là où la mer affleure la roche se vernit de mousse topaze et glisse comme si nappée d'huile si bien que l'on se met à l'eau sur les fesses ; sinon une vieille échelle de piscine scellée dans la pierre, une poubelle, des touffes d'herbes maladives en jointure de blocs, quelques canettes, tubes de crème, éclats de verre, papiers gras et encore, derrière les rochers, une bouche d'égout hors service perce le mur de soutènement et propage aux heures chaudes un remugle de matériaux en décomposition et d'eaux usées, ça remonte par un tuyau de fer-blanc connecté au souterrain fangeux de la ville, et c'est comme une expiration soudaine sur la Plate, un souffle, l'haleine du plus noir et du plus honteux, ça stagne et ça s'évapore mais c'est bien à cause de ce trou que les habitants de la corniche évitent la Plate – ça pue l'égout, disent-ils, ça pue, types louches qui se branlent et morveux qui pétaradent, voilà, nous on n'y va pas. Mais, en avant du plateau, des rochers sont éparpillés dans la mer, comme s'ils avaient été catapultés au-delà de leur cible : engloutis, ils sont réformés en planques à oursins et friture future, en abris à poulpes ; émergés, les plus éloignés mutent îlots pour amoureux, radeaux à conspiration, plongeoirs à frime.

Puisque frimer précisément, tchatcher, sauter, plonger, parader, c'est ce qu'ils font quand ils sont là, c'est ce qu'ils viennent faire. La Plate est une scène où ils s'exhibent, terrain de jeu et place des lices, puisque filles et garçons, c'est un tournoi : il s'agit de se foncer dessus sans esquiver le rituel. Le prologue est invariable : les filles s'installent à proximité de l'échelle, en bordure de Plate, quand les garçons, eux, se regroupent sur les rochers, en recul, partition sexuelle du terrain vouée rapidement à l'explosion. Afin d'échauffer celui ou celle d'en face, les plus frontaux outrent leur genre et leur disponibilité – fausses salopes, faux baiseurs sans scrupules –, quand la plupart combinent des stratégies d'approche vieilles comme le monde – contournements ostentatoires, évitements, envoi de messagers dévoués : le théâtre ne peut se séparer de la vie.

Ils y ont ensemble des pauses indéfinies, vautrés les uns contre les autres en formation arachnéenne, ou étalés, nénuphars très ouverts, dessinant sur la pierre telle arborescence bizarre, tel cadastre secret, et ils glandent au soleil, des heures durant pigmentent leur peau, jouent, rient et divaguent, disponibles, effroyablement disponibles, comme fondus dans l'air du temps et contemporains du plus petit nuage, capteurs sensibles de la moindre forfaiture de langue, du moindre geste faisant image – un penalty de folie tiré la veille au Vélodrome par un attaquant de dix-sept ans, un service canon pour une balle de match au tennis, une figure de breakdance, une attaque de batterie avec baguettes invisibles tenues entre mains nerveuses, un ride de malade sur un skate pourri ou sur un surf sublime dans le tube d'une vague géante de Mavericks, la réplique mythique de leur film fétiche –, attitudes qui toutes signent leur communauté, leur jeunesse et leur force, disponibles à ce point c'est une blague qui ne fait pas rire tout le monde – foutent rien ces gosses, toute la journée se prélassent, ne pensent qu'à sauter dans la mer et à se rouler des joints, à faire joujou sur les portables, changent de jingle toutes les deux minutes et prennent des photos n'importe comment, que des conneries, voilà, aucun sens de l'effort, des merdeux, des branleurs, auraient bien besoin qu'on leur foute des coups de pied au cul, qu'on leur apprenne un peu la vie – mais, princes du sensible, ils sont beaux à voir, assurément.

Soudain les voilà qui se lèvent et changent de régime, quelque chose les accroche, un événement les excite, ils désertent l'aléatoire pour réagir au quart de tour, hop, debout, éméchés, bruyants, le sang activé dans les artères fémorales, les poings serrés, ils montrent les dents et parfois même on les voit se poursuivre, s'insulter, se battre, singerie borderline violente, prête à mal tourner, quoi, qu'est-ce t'as dit, hein qu'est-ce t'as dit, tu m'reparles comme ça et j't'éclate la gueule.

Sylvestre Opéra arrive au bureau chaque matin à sept heures. Il gare son break rouge – aquarium usé aux vitres sales – devant cet immeuble blanc aux lignes pures qui domine la corniche d'une trentaine de mètres, toujours le même créneau opéré d'une seule main, un œil dans le rétroviseur, l'autre déchiffrant un quotidien ouvert à la place du mort, peu après fumant déjà il traverse le hall, saisit un café dégorgé à la machine et s'engage dans la cage d'escalier, noire et carrelée, puits ténébreux qu'il gravit en aveugle, lentement, très lentement, à chaque palier prenant le temps d'une halte, à chaque marche écoutant l'écho de son pas déréglé, usant de cette ascension comme d'un sas où il se met en condition, récapitule tâches et objectifs du jour, reformule énigmes et problèmes en cours, et prépare son corps – ajuste sa veste, recoiffe ses cheveux, racle sa gorge. Une fois hissé au dernier étage, il ouvre sa porte, un flot de lumière l'éblouit, il cligne des paupières une fraction de seconde, après quoi il est là, dispos, concentré, le commissaire en personne.

Rapports, réunions, rendez-vous, conduite des enquêtes, la matinée se passe. Quand il n'est pas en opération, Opéra déjeune seul, cuillère à la bouche, portable à l'oreille, la paperasse sur le bureau formant nappe, une barquette translucide sur les cuisses, une bière calée à ses pieds, bien enfoncée dans la moquette.

Vers quinze heures, les premières mobylettes freinent à hauteur de la Plate. Opéra se lève pour s'approcher de la baie vitrée et alors, immanquablement, la métropole industrielle dont il sécurise le rivage se réduit sur-le-champ à une surface de quelques mètres carrés, plateau de pierre irradié de soleil où s'ébattent une vingtaine de gosses aux pieds, mains et derrières talqués de calcaire et de sel. Immobile, la main posée en abat-jour à hauteur des sourcils neutralisant de la sorte les éclats de la mer, il inspecte la Plate. Étreint du regard toute la bande, les voltigeurs, les affalés, et les ombres chinoises retenant leur souffle au bout des plongeoirs, en accompagne l'agitation collective, en escorte les mouvements d'ensemble, se régale de leurs bonds, de leurs piaffements, de leurs conciles, se sustente à leur tumulte, au régime de leur corps. Parfois il fait durer l'observation et gagne la terrasse, autre plate-forme au beau milieu de quoi se dresse, stabilisée sur trépied, une paire de jumelles Zeiss, cale ses globes dans les manchons de caoutchouc, et s'emploie à désosser le groupe. Il en dissocie un à un chaque membre comme l'enfant torture la mouche prisonnière, l'isole du noyau, et le regarde longuement pour lui-même. Si bien qu'il les connaît à la longue, ces mômes, a repéré les pactes, les idylles, les ruptures, les renversements d'alliances. Et soudain, terminé, il leur tourne le dos, retourne à son bureau, il a mille choses à faire.

Tout le jour perfuse sa carcasse à flux continu, des biscuits et des fruits secs, calmant de la sorte l'avidité de sa chair affamée de sucres rapides, ménageant son pancréas, puisqu'il est diabétique. Vers vingt heures, il sort. Redescend dans un bistrot tout proche afin de se ravitailler en cigarettes et d'ingurgiter de quoi poursuivre. À son retour, les équipes de garde se mettent en place, le bâtiment se vide, le silence se fait, la nuit tombe, et alors, par tous les temps, Sylvestre Opéra remonte sur la terrasse. C'est son heure, son alvéole. Debout entre ciel et terre, le corps follement calme et plein de lui-même, se verse un premier verre de vodka Żubrówka, allume une énième Lucky, inhale bouche ouverte comme s'il avalait le monde en une seule lampée, le monde et la fumée du monde, puis presse fortement les lèvres, opère un lent mouvement de tête latéral qui lui déboîterait le cou s'il n'y avait ses cervicales qui tirent, au terme de quoi il se replace, perpendiculaire au balcon, une main sur la rambarde et l'autre en cornet soupesant son menton, la cigarette à fleur de joue, enfin expire la fumée par les naseaux, en suit des yeux les volutes sphériques promptement désagrégées dans l'air déjà nocturne : il est là, il s'incorpore. Alors, le sentiment de sa présence le porte vers le cosmos comme par politesse : il lève les yeux sur la lune montée énorme dans le ciel ambigu, et qui brille certains soirs d'une clarté singulière, très blanche, le contour détracé de vibrations infimes comme si le disque chauffait tout doux, poli à l'égrisée pour plus de joliesse, plus de tranchant, et l'intérieur en pelade – taches ombreuses, amas grenus, filaments ; d'un calme. Sylvestre Opéra la contient doucement dans son regard, puis lentement redescend sur terre, pose les yeux sur la ville, jauge les lieux, un cloaque pense-t-il, un putain de cloaque, et belle à frémir. Il se tourne ensuite vers la mer où les lumières dispersées sont d'autres essaims, d'autres pelotons d'énergie et de chaleur, et revient enfin sur la corniche Kennedy – l'écho des cris de ceux de la Plate monte encore jusqu'à lui. Alors ses yeux suivent la quatre voies jusqu'à ce qu'elle bute contre les montagnes, à l'est, puis font demi-tour, repassent au pied de l'immeuble de la Sécurité, filent jusqu'au premier revers du littoral, vers le palais du Pharo, et, durant ce va-et-vient, ils sondent et fouillent le paysage, alors même que le soir se répand et que les formes humaines perdent leur visage, ils brossent les lieux, fort, de plus en plus fort, mais aucune silhouette de femme en imperméable, aucune chevelure pâle sous les lampadaires de la corniche, rien.

Parfois, n'y tenant plus, Sylvestre Opéra descend démarrer le break rouge et s'en va pour une patrouille de nuit en solitaire mais, le plus souvent, il déplie un lit Picot, lequel se tend et vacille sous sa corpulence – un mètre quatre-vingt-seize pour cent treize kilos –, se tourne sur le flanc, et ainsi gagne l'aube que découpent finement les lamelles d'un store métallique.

Au commencement, les garçons sont assis genoux repliés, genoux que ceinturent leurs bras, fument des clopes les yeux plissés sur le large, redoublent de jactance quand les filles approchent, salut, elles ouvrent la partie, salut, ils répondent, puis ils s'informent ça fait longtemps que t'es là ? ou toute autre question d'une neutralité technique, sitôt se charrient plus qu'ils ne se parlent, ça dure un quart d'heure, pas plus – ne restent jamais longtemps assis, au fond, sont appelés à bondir –, alors Eddy, toujours lui, se dresse, balance son mégot, balance ses lunettes sur son tee-shirt – Ray-Ban Wayfarer contrefaites, tombées d'un carton à Vintimille –, et annonce le départ : vamos ! Cinq ou six autres garçons le suivent, les filles sont rarissimes. Une fois debout, tous refont le lacet de leur maillot – le plus souvent un long bermuda, flottant sur les cannes maigres – qui aura glissé dévoilant une ceinture de peau blanche à la taille et le haut du pubis, sont secs, torses creux, ventres creux, hanches étroites, nerveux, des poulains, certains jettent une serviette sur leurs épaules, vont fléchir une jambe sur le bord de la Plate et tremper le pied de l'autre dans la mer, grimacent, ou emboîtent direct le pas d'Eddy pour gagner les promontoires. Il y a Mickaël, Bruno, Rachid, Ptolémée et Mario, les voilà six maintenant, six garçons qui marchent vers l'est.

La plate-forme s'amincit, langue pierreuse de la largeur d'un pas d'enfant, on s'y déplace en file indienne, puis elle bascule dans un chaos minéral, éboulis de rocs jetés les uns contre les autres, alors hop, hop, contournements, escalade : voici le Cap. Il s'élève au-dessus de la mer formant rapidement belvédère sauvage, pourvoyeur de replats, couches lisses où se caresser, et paliers d'où prendre son élan. Du sommet, la corniche apparaît de nouveau, elle sinue à cinquante mètres, on la voit – ondulations souples du bitume, éclats aveuglants des carrosseries, jeux de miroirs : morse diurne.

Tous ne se sont pas levés, pas même la moitié d'entre eux – les filles surtout restent étendues, elles iront se baigner plus tard, collées les unes aux autres, crieront dans les éclaboussures après avoir renoué tous les nœuds de leur bikini, et emprunté l'échelle de piscine rouillée – et, parmi ceux qui restent sur la Plate, on note toujours un ou deux couples, déclarés ou en formation, ce sont eux qui gardent les affaires, volontiers se désignent, allez-y, on reste, disent-ils, on regarde, faudrait pas qu'on se fasse dépouiller –, ont trouvé ça pour se rouler des pelles tranquilles ou se murmurer des trucs au creux d'une oreille, l'autre emplie de l'écouteur d'une paire qu'ils auront partagée afin de se trouver dans la même musique quand viendra le moment de se toucher –, les voilà qui s'allongent sitôt tracée là-bas, et s'amenuisant, la troupe des six garçons. Tranquilles, ils sont tranquilles à présent : la fille vient sur le dos, le garçon se penche sur elle, la chaînette dorée se décolle de son cou, tournoie pendule au-dessus des seins, le garçon se penche, se penche encore, choc de nez, effleurement d'arcades sourcilières, se penche, puis vite lèvres contre lèvres, ouvertures de bouches, tournoiement de langues vingt minutes au moins, faudrait pas se faire dépouiller, d'accord mais ceux-là ne voient plus rien, ont baissé les paupières depuis belle lurette, et alors bien sûr que les voleurs peuvent venir, surgir par-dessus le parapet, traverser les taillis comme des tigres et descendre sur la Plate, les voleurs connaissent par cœur les jeunes d'en bas, savent leurs déplacements, la durée des sauts sur le Cap, celle du bain des filles et celle des baisers, ils se faufilent entre les pierres, soulèvent les sacs, ouvrent les blousons, fouillent les poches des jeans, piquent le fric, les lunettes et les Lacoste – quand il y en a.

Et pendant que les filles se baignent, pendant que les pendentifs s'affolent au-dessus des seins et que les salives s'échangent au fond des cavités palatines, pendant que les voleurs approchent, que le soleil grésille sur le pelage des guêpes et assoiffe les chardons, pendant que les mateurs n'en peuvent plus de zyeuter les mômes de la corniche, exaspérés, fascinés par l'éclat de leurs dents quand ils hurlent de rire ou s'échauffent en gueulant, pendant tout ce temps, ceux qui sont partis sur le Cap parviennent sur le seuil du premier promontoire.

Trois mètres au-dessus de la mer. Peu de risque : seuls menacent quelques rochers à demi émergés au bas de la paroi et qui exigent de prendre de l'élan – deux foulées voire trois petits sautillements, c'est tout ce qu'autorise le replat. C'est la première piste d'envol, on y va de son pas, on s'y présente sans ciller et on y saute direct, sans lever les yeux au ciel ou sonder l'horizon, sans même se pencher au-dessus du vide afin d'éprouver l'attraction terrestre par le haut de la tête qui soudain tire et pèse, sans vérifier que tout est en place en bas, et que les reflets du soleil écaillent le sable au fond de la mer, résille fluorescente de la sirène, filet d'or du pêcheur entre les algues noires.

Ceux de la Plate y déboulent, chahutent, y opèrent un appel du pied tandis que l'autre s'envole pointe tendue vers la ligne d'horizon, pour enjamber cette ligne justement, bras, tête et buste l'accompagnant dans une même asymptote de flèche, et leur corps est propulsé à l'avant, à l'avant de la corniche, à l'avant de la ville, à l'avant du bourbier qu'ils laissent dans leur dos, le bourbier de l'enfance et des secrets pourris, et dans la chute ils hurlent, ça dure une, deux secondes, pas plus, trois mètres ce n'est pas long, leur cri déchire l'espace dans le sens de la hauteur comme le cutter fend la toile du tableau et l'entrouvre, pour s'y engouffrer, pour s'y perdre, aaaah !, ooooh !, banzaaai !, un cri de fin du monde, n'importe quoi, un rire peut-être – mais pas encore de terreur, je rappelle que nous n'en sommes qu'au premier promontoire, celui où l'on rigole, où l'on se met en jambes, puisqu'il faut marcher dans l'air, ici, on est des figures de cartoon, on court, genoux-poitrine et bras cassés à hauteur des coudes, on s'active, on mouline l'atmosphère, on s'élance le plus loin possible, là est le jeu, la petite compète, et soudain le vide, tangible, et la chute ouaaaaaahhhh ! – alors l'eau se troue paf dans un bruit de détonation, cratère inversé, bouillon écumeux, le corps disparaît dans les éclaboussures, la tête resurgit la première, faut voir ça, elle reperfore la surface par le dessous, et aussitôt ce mouvement animal pour repousser à l'arrière du front les cheveux collés sur la figure, geste du frimeur, signature du beau gosse de la Côte d'Azur, les cheveux aspergent alentour, des centaines de gouttes prisment l'arc-en-ciel, les cils et les dents perlent, le corps est dressé alors, haussé à la verticale de l'eau jusqu'aux épaules, droit comme un I, la bouche ouverte souffle et crache, puis lentement le dos bascule, vient à nouveau s'étendre à fleur d'eau, crawl ou nage indienne, une ou deux brasses pour atteindre à nouveau la base du Cap, le regard qui se lève vers le promontoire où les autres attendent renversés tête en bas, crient, se marrent, daubent t'as fait le lapin surpris dans les phares, t'as fait la mouche, le ouistiti, alors qu'il faut bouffer le ciel, puis, une fois remontés sur la pointe suivant un escalier naturel inventé dans la paroi, ils gagnent le deuxième promontoire, celui qu'ils nomment entre eux le Just Do It – ils disent aussi faire un Just Do It.

Celui-là est une langue de pierre issue de la roche à sept mètres au-dessus du niveau de la mer, absolument lisse, longue de cinq mètres environ, et horizontale, de la sorte parallèle à la surface des eaux, son profil est aussi net que celui d'un plongeoir de piscine, ceux de la corniche l'aiment pour cela, s'étonnent que la nature ait pensé à eux, qu'une bizarrerie géomorphologique, un accident de l'érosion, leur ait réservé un tel tremplin, c'est un signe disent-ils. C'est aussi la proue du Cap, on y est à la pointe du continent, en pole position de tout, et face à l'horizon, cent quatre-vingts degrés sans que le regard connaisse la moindre obstruction, plein sud, le soleil dans la figure et une vision panoptique qui leur offre le monde : ils respirent là comme des seigneurs. Quand ils montent faire un Just Do It, ils changent de vitesse, leurs mouvements sont plus lents, empreints de majesté, même si surjoués, même si rigolards – finis les créatures hyperactives, les gosses excités, les personnages élastiques et dopés, je te poursuis, hé ho petite fiotte, je te double, je saute plus loin, plus haut et plus vite que toi : à présent, ils se concentrent. S'avancent lentement à l'extrémité de la langue de pierre, là s'immobilisent orteils dans le vide – ce qu'ils se disent à cet instant, je l'ignore, peut-être même qu'ils ne se disent rien mais lèvent les yeux au ciel, rénovant de la sorte leur perception du monde, leurs cils touchent l'azur, caressent l'épaisseur optique de l'atmosphère, la grosse lentille du globe au-delà de laquelle il n'y a plus que l'infinie masse noire du temps, se redéposent sur la ligne d'horizon, aussi dure et précise que leur présence, et suivent cette ligne qui est maintenant le socle du saut et le tout premier littoral, le littoral absolu : mais où est le point de fuite dans cette perspective où ils ont pris place, où est-il ? Leurs narines se pressent contre leur paroi nasale, leur cage thoracique se gonfle, ils écartent les bras, Just Do It, font un pas en avant, Just Do It, et sautent raides, tendus comme des bâtons, des allumettes de plomb : à sept mètres, les plats sont des brûlures. Ils prennent de l'élan pour plus d'amplitude, recherchent la courbe pour réduire leur vitesse, ne pas tomber tête la première et perpendiculaire mais ouvrir leur angle de pénétration dans la mer, Just Do It !, ils crient cela en remontant à la surface, hilares, Just Do It !, splash, wooow !, et c'est tout.

Il existe encore un troisième plongeoir. Celui-là est dangereux, tout le monde le sait. Ils l'appellent le Face To Face parce que, rigolent-ils, c'est le grand face-à-face : on y est face au monde (primo), face à soi (deuxio), et face à la mort (tertio), arghhhh la môôôrt! ils hurlent, écarquillant les yeux et outrant leur squelette, gargouilles de chair, ils se marrent franchement, n'y croient pas une seconde, pour eux le Face To Face est le promontoire des duels, celui où cogne le soleil des westerns, celui de l'épate et du grand jeu. Situé à douze mètres, il est si exigu que seuls deux pieds peuvent s'y tenir assez espacés pour que le corps demeure en équilibre – le départ de saut est crucial, aucun faux mouvement ne se tolère, l'envol se doit d'être précis –, et se trouve sur le versant oriental du Cap, ce qui n'est pas bon : par vent d'est – vent de merde, brutal et glacé – les flots déchiquetés s'y précipitent, pointes dures en hameçon, si bien qu'après le saut il faut encore savoir s'extirper du ressac puis contourner la pointe du Cap afin de retrouver le passage dans les rochers et grimper facilement. Ils y montent tous pourtant. Sautent. Plus rares sont ceux qui plongent – Eddy, Rachid, Ptolémée et Mario. Et quand ils se précipitent de là-haut, c'est la même crue qui les traverse, une crue de l'espace et du temps, une amplification de la lumière, une saisie de la joie.

Ils défilent chacun leur tour, pas de bousculade. Eddy – encore lui – régule le flot des sauteurs, vérifie d'un coup d'œil que la zone de réception est vide avant de faire signe au plongeur suivant qui trépigne hé, j'y vais, pousse-toi, c'est à moi, c'est maintenant. Le truc qui les fait rire c'est de hurler durant la chute une phrase entière avant le splash final, un slogan ou une déclaration – les trois et quatre syllabes, trop faciles : SPIDER-MAAAN ! ZIDANE REVIEEEENS ! ALLAH AKBAAAAAR ! Les longues, plus risquées : AÏCHA MA VIE SI TU M'AIM… ALLEZ TOUS VOUS FAIRE… J'AIME LES GROS SEINS D'ANGELINA JO… FOUTEZ LE FEU AUX BAUM… Le psaume du frimeur : REGARDEZ-MOI, REGARDEZ-MOI TOUS !

Il y en a une qui regarde, justement, qui n'en perd pas une miette, ramasse tout ce qui se passe sur la Plate, accroupie dans l'ombre bleutée d'un rocher à profil animal – crête de stégosaure –, et retient son souffle quand ses yeux grands ouverts scrutent, repèrent et enregistrent visages et déplacements, fixent voix et rires – puisque là-devant, à quelques mètres, ça discute sec, ça rigole, ça s'esclaffe et ça chantonne, ça mange des frites mayonnaise, des beignets, ça boit du Coca, ça commente les magazines, ça se crème le dos, ça se paluche, ça fume, ça prend ses aises, ça se croit chez soi. Sept, huit minutes qu'elle est là et elle n'en revient pas elle-même, la voilà comme une Apache en planque, tendue à mort, prête à saisir l'instant ou jamais qui couronne le bon geste, prête à bondir.

Elle a reconnu Eddy quand il s'est élancé le premier au-dessus de la mer. Elle le reconnaît toujours, même de loin, sait par cœur sa silhouette de flèche, ses plongeons et ses sauts, la manie qu'il a de se dresser sur la pointe des pieds deux fois de suite avant de se précipiter dans le vide, l'extension de son corps quand il le déploie, ses maladresses feintes, ses figures préférées, son plongeon de la mort – qui enchaîne saut de l'ange, saut carpé et plongeon missile –, depuis le temps qu'elle soulève le rideau de sa chambre vanille et espionne la Plate, depuis tout ce temps. Elle se mord l'intérieur de la bouche, dans l'ombre a chaussé des lunettes noires et ajusté son sac de plage sur son épaule nue. Elle attend, attend le moment propice, immobile, pliée sur les talons, la paume de sa main posée sur le frais granuleux de la roche, a passé les taillis de fer et marché dans les éboulis qui déséquilibrent, se tient le regard happé dans l'échancrure de rochers, repère le lieu, les fissures et les bosses du relief, épie, compte et recompte, et devant, à quatre ou cinq mètres, trois filles se lèvent maintenant, les serviettes se plissent, un cabas se déverse doucement, dégorge trousse, foulard, petite bouteille d'eau, photos et cigarettes, téléphone portable, lequel sonne – un tube, Beyoncé –, les filles ne l'entendent pas, aucune des trois ne se retourne, elles traversent lentement la plate-forme vers la mer, elles sont grandes en contre-jour, toutes noires découpées dans les flots du soleil, leur corps ensuqué peine à se stabiliser, leur silhouette ondule, évasive, leur peau est onctueuse, gorgée de soleil et de paroles, elle sent la mer : peut-être qu'elles rigolent, qu'elles se tordent de rire, mais on ne les entend pas, on n'entend que la voix de la star mondiale, déhanchée de plus belle, boucles irisées tournoyantes, cuisses lustrées, lèvres glossy, peau dorée de la fille qui bouge, peau de la voix onctueuse qui irrigue l'espace, le tend et le repulpe, et celle qui jusque-là retenait son souffle bondit hors de l'ombre – saut de détente d'un jaguar –, atterrit en plein soleil, à découvert, les jambes fléchies au milieu des serviettes, éblouie, elle plonge en avant pour saisir le téléphone portable – un geste si rapide qu'on le dirait flouté avec effet de sillage dans l'atmosphère –, une fois redressée elle s'immobilise soudain, ne sait quoi faire, l'appareil à hauteur du visage, panique, fourre le téléphone au fond de son sac, chancelle, fait un écart, un pas de côté hors des serviettes, mais alors tombe, littéralement se cogne sur un visage tendu en travers du sien, c'est un garçon, Nissim, sa bouche ouverte déjà alerte le groupe, sa main droite lui menotte le poignet, qu'est-ce que tu fais, salope, hé venez, y a une meuf qui fait les sacs, qu'est-ce que t'as fait, tu sais ce que t'as fait, là, merdeuse, espèce de pute, rends le portable ou je t'éclate ta sale petite gueule, ou je t'explose le fion, salope, voleuse, voleuse, je t'ai vue, rends-le.

Maintenant, elle est au milieu de la Plate et ceux de la corniche se poussent pour la voir, chacun y va de son insulte, normal, normal, putain mon portable, c'est quoi ça, c'est quoi ça, elle croit quoi cette meuf? Une des filles,

Loubna, vocifère en se tenant la tête, les mains enfoncées sous sa tignasse magnifique. Les deux autres, Nadia et Carine, l'encadrent et la retiennent, font corps avec leur copine, lui murmurent attends, attends. L'intruse au centre est pétrifiée. Plonge brusquement son bras libre dans le sac et ressort le téléphone qu'elle tend à Nissim qui la maintient toujours par le poignet. Silence, éteinte la chanson d'or des Music Awards, la voix sirop-dollars de la diva américaine, l'espace s'est rétréci d'un coup, rétracté zone minable, corral d'air comprimé, cagibi étouffoir, les tempes pulsent sous la peau et les cœurs battent en accéléré. Nissim saisit l'appareil, lui jette un coup d'œil vérificateur, le rend à Loubna qui aussitôt pianote sur le clavier, la sale pute, mon portable, putain. Trente secondes se sont écoulées depuis le vol. Alors, ceux qui étaient sur le Cap reviennent au pas de course, ils ont vu l'attroupement, y a embrouille, ils veulent savoir, pénètrent le cercle qui aussitôt se fend sur leur passage, puis s'élargit, quoi quoi, quoi ? C'est Eddy qui a parlé. La fille se frotte le poignet, n'a toujours pas prononcé une seule parole, mais Nissim résume, c'est une tireuse de portable cette meuf, j'l'ai serrée, faut qu'elle se casse d'ici sans ça je vais la… – et, d'un poing serré, il frappe la paume de son autre main.

Eddy regarde la fille poussée au milieu du cercle, quelque chose le dépasse, il évite son visage mais intercepte le haut de son corps :

cou, gorge épaule, bras. Elle n'est pas d'ici, elle n'est pas des leurs, il le sait, c'est sans équivoque quand pourtant rien, aucun détail – vêtement, maillot, bijoux, coiffure – ne permet de l'épingler sur le cadastre social qu'il a élaboré, partition sommaire, quasi duale, d'une efficacité à toute épreuve, c'est ainsi qu'il s'y retrouve et jamais il ne se trompe.

Les minutes s'écoulent, le silence s'épaissit, la chaleur est lourde, les têtes ne bougent plus : disposées en cercle sur la Plate, elles attendent le verdict. Eddy sait qu'il doit parler, trop long ce silence, trop long, c'est ça, casse-toi, casse-toi pauvre conne, voilà ce qu'il devrait articuler à voix haute et jeter à la face de la fille, et ensuite il retournerait plonger au Cap, suivi de ses potes, ses potes qui attendent aussi, et piétinent, on ne va pas y passer des heures, il faut la sacquer cette fille, la sacquer et c'est tout, mais Eddy ne dit rien, son élan interne – retenir la fille, prolonger sa présence sur la Plate – contrarie celui de la bande – le bannissement –, il le sent, ce sont des impulsions adverses, il doit trouver quelque chose pour s'en sortir. On va la faire sauter. Il lance ce pronunciamiento, la voix sûre et sans affect, le cercle bouge, un visage s'avance, Mario, treize ans, en paraît à peine onze, cheveux courts et queue de rat dans la nuque, taches de dépigmentation sur la figure, oreille percée d'un anneau de pirate, fluet, les bras noués sur le torse, croix chrétienne, maillot noir slipé, lacet qui pendouille entre les cuisses maigres, il saute depuis l'été dernier avec ceux de la Plate ; il demande on va la sauter, tu dis, on va tous la sauter ? Eddy sourit sans regarder la fille puis se penche vers le petit qui a parlé et reprend, lapidaire : pas la sauter, la faire sauter, on va lui faire faire un Just Do It. Rires, petits déplacements, détente et dislocation du cercle. On entend une des filles chambrer le petit à voix haute, t'es déçu hein, toi, oh il est déçu, il voulait se la faire, oh, il était prêt à la sauter, lui, pas vrai ? et elle le fait avancer par bourrades dorsales successives, il faut dire qu'elle le domine d'une tête et lui rend son poids entier, de temps en temps elle jette un œil par-dessus son épaule pour voir si ses copines les suivent, alors le petit soudain se retourne, le visage tordu par la colère, t'arr…, t'arrêtes putain ! il bute sur les mots, enfin articule d'une traite, tu me lâches, j'ai pas envie de te sauter, t'es pas mon genre, t'es trop moche, t'as compris ? Les filles hurlent de rire et retournent s'allonger sur leurs serviettes, le reste de la bande se déplace vers le Cap, la voleuse est invisible au sein de l'escorte, les rochers virent dorés maintenant, l'ombre des immeubles de standing et des villas à palmiers atteint les premiers buissons au-dessus de la Plate, il est dix-huit, dix-neuf heures, engorgement de la quatre voies, métabolisme des lieux : les véhicules accumulés klaxonnent furax sur la corniche.

Ils l'ont convoyée direct sur le Just Do It. Le petit en slip noir ouvre la marche, clope calée dans sa bouche de treize ans – bouche de gosse usée déjà, aphteuse et corrompue, gâtée par le shit, la colle, les tabacs les plus sales, noircies par les sodas discount et tous les sucres dégueulés au fond des caddies le premier jour du mois, bouche oubliée des services sociaux de la ville, passée au travers des scrutations blouses blanches et bouts de doigts glacés, aucune hygiène ce gosse, c'est la cata, que font les parents, pas vu un gramme de fluor, connaît pas la brosse à dents, pas beaucoup bu non plus de bobol de lait blanc avec Nesquik en option déposé par maman – encore une cuillère mon ange ? –, jamais prisé une salade, oublié la tomate et la pomme depuis qu'elle sèche la cantine cette bouche, depuis qu'elle dévore le midi son Big Mac de seigneur, festin gras doré dégoulinant de sauce, rien de meilleur au monde c'est le kif total, on en a plein la bouche : jamais vu de sirop contre la toux mais du sperme peut-être, voilà, sinon aucun baiser encore hormis ceux d'une voisine plus jeune et maintenue doigts écartés en pince sur la nuque, c'est juste pour voir lui murmure-t-il, pour goûter comment ça fait quand une langue tendre et fraîche traîne à l'intérieur, caressante, juste pour le plaisir, pour se décoller un peu de toute cette misère, de tout ce merdier, un décollement de racines, voilà, un baiser c'est un décollement de racines, et il se fait attendre, alors à peine ouverte elle en dit long, cette bouche, et sa langue trop bien pendue fait illusion quand elle ne lâche aucun mot, aucun, qui puisse charrier sa vie –, serviette autour des épaules, démarche disproportionnée avec roulement d'épaules et pointes de pied ouvertes, mascotte porte-flingue de service, il est très excité, se retourne à plusieurs reprises pour voir ceux qui suivent : ils sont quelques-uns de la Plate, sept ou huit – Loubna s'est ravisée, a quitté ses copines pour assister à la punition, tournicote entre ses doigts une longue mèche de cheveux oxygénés –, la voleuse, et enfin Eddy qui ferme la marche. Ils vont vite, avancent sans rien dire, une charge électrique, un flux tendu.

Une fois sur la planche de pierre, les premiers arrivés s'écartent pour laisser passer la fille qui est à nouveau poussée au milieu. Elle est pas en maillot, dit une voix, elle va pas sauter comme ça, et Mario qui a posé ses mains sur ses hanches, ajoute, ouais, c'est pas un concours de tee-shirt mouillé. Rires, il est content. La fille, elle, ne bouge pas d'un pouce. Eddy continue de ne pas la regarder, bientôt il s'adresse à la bande, allez-y. Alors les autres viennent se placer en position de départ, celle d'une course de demi-fond, avec main en arrière posée à plat contre la roche, prête à opérer la poussée de détente, et, au top départ – claquement de doigt d'Eddy –, explosent les uns après les autres : course d'élan, bondissement dans les airs, hurlements sauvages, éclaboussures comme des détonations, appels et cris, les voix sont soulevées par l'écho de la mer, viennent rebondir sur le plongeoir où ils ne sont plus que trois à présent Loubna, la fille et Eddy. Vas-y ! Ordre sec d'Eddy à la première, accompagné du coup de menton idoine, mais l'autre le crochète du regard et rétorque tendue, pas question, j'irai après la meuf. Sept mètres plus bas, une déferlante isolée, issue d'une faille sous-marine entre les continents, se fracasse sur les rochers. Eddy se penche dans le vide pour voir, poursuit comme s'il n'avait rien entendu, voilà, vas-y, faut que tu lui montres. Loubna hésite, puis lentement va prendre place en chaloupant des fesses – c'est clair qu'elle se pavane : mate et dodue, c'est une fille de taille moyenne qui peint ses ongles en bleu, a décoloré ses cheveux noirs kabyles, décoré son corps de piercings multiples (oreilles, narine, nombril) et parle comme un charretier – et, une fois sur le point de sauter, elle se ravise, déclare à Eddy, lèvres pincées, j'te préviens, elle a intérêt à le faire, le Just, sinon je saurai que c'est toi. Moi quoi ? Il hausse les épaules et claque dans ses doigts, allez, allez vas-y, il lui parle sans la regarder, elle hausse le ton, tu sais très bien ce que je veux dire, et, vigoureuse, elle bondit les bras en l'air, en poussant un cri de guerre.

À présent, Eddy et la fille sont seuls sur le Just Do It et l'espace qui sépare leur corps et les concentre, cet entre-deux-là n'a jamais été aussi densément peuplé, effervescent : c'est un temps concret, si tangible qu'on pourrait le capturer au lasso. Au loin, une moto fonce sur la corniche, vive comme une éraflure, elle n'en finit pas de bander l'espace, se rapproche, effectue une reprise de vitesse dans le fond du vallon, exténue tout sur son passage, puis s'évanouit. Eddy aussi accélère, se tourne vers la fille, ok, t'enlèves tes fringues, tu les mets dans ton sac, Mario va venir le prendre. Il ajoute, mauvais, vaut mieux pas que tu laisses de fric dedans, je te conseille. La fille ne cille pas derrière ses lunettes noires, lesquelles agacent Eddy à présent, c'est quoi ce cinéma, il veut voir ses yeux, il veut qu'elle soit complète, les lui arrache, n'y va pas de main morte, les fourre dans le cabas, de sorte qu'il lui tord l'épaule, enfin se détourne d'elle sans l'avoir regardée. Il sait que debout sur la Plate, ou s'éloignant du Cap en dos crawlé, la tête émergeant des vaguelettes, les autres ne les quittent pas des yeux et attendent de voir la fille s'exécuter.

Déshabille-toi. Le silence sature le plongeoir de pierre qui tourne accélérateur de particules. Ils sont très agités bien que bougeant peu et ne parlant pas. La fille souffle j'ai le vertige, Eddy répète plus fort fais pas chier, je t'ai dit déshabille-toi. Au large, le soleil orange glisse lentement dans l'abîme et sa chute intensive modifie l'espace : par un jeu de bascule mathématique, le littoral s'embrase ruban de feu liquide coulé entre la ville et la mer, lesquelles pulsent à cette seconde leur perpétuel numéro de claquettes, diastole et systole d'un même cœur qui bat.

Déshabille-toi. Déshabille-toi, j'attends. Du bout du pied, Eddy balaie la pierre, l'ombre de sa jambe vibre comme l'aiguille du compteur de vitesse, il tourne le dos au soleil. La fille fixe le sol, justement, suit le mouvement de balancier de la tache noire, et secoue la tête, non, j'ai le vertige, je sauterai pas – fini de souffler, elle a parlé d'une voix ferme, cela se complique, le garçon tique, ceux de la Plate doivent rouler des yeux pour mieux les voir. Je m'en fous, tu te déshabilles et tu sautes, magne-toi. Un mètre les sépare, elle est debout face à lui, les bras le long du corps, immobile, d'un calme fou quand on y pense – ni hoquets fébriles, ni pleurs, pas de mèches entortillées au bout de l'index, pas de discours ergotés : frontale et hypermatérielle, elle sera bientôt en pleine lumière. Il ne parvient pas à la regarder. Quelque chose disjoncte : comment la présence de cette fille peut-elle à la fois comprimer l'espace jusqu'à étouffement et l'ouvrir, le faire respirer comme une fête ?

Tu te déshabilles, il reprend, si tu veux pas que je te foute à l'eau comme ça, tu te déshabilles, dépêche-toi. Il surjoue la scène, c'est évident, la voix mâle, la pose inflexible, le regard dur, quand pourtant il a peur lui aussi, une trouille bleue, sa posture pèse sur ses épaules comme manteau de peau gorgé de pluie. Que va-t-il faire si la fille se désape ? Si elle se fout à poil ? Autre déferlante brisée contre la base du Cap, bouillons secs, un oiseau gravite solitaire autour du promontoire, le soleil touche la ligne d'horizon qui se précise violette, solide, presque noire. La fille grimace, déchausse ses sandales, sa robe tombe sur ses pieds – c'est une robe à bretelles, coupée aux genoux, un tissu léger qui accompagne les mouvements. Redressée, elle répète lentement je te dis que j'ai le vertige, je ne peux pas regarder en bas. T'as pas besoin de regarder en bas, justement, tu te places ici – de la pointe du pied, il trace une croix sur le calcaire, trace de poudre blanche sur son orteil – et tu t'élances direct, tu regardes devant toi, facile. Il s'est radouci, relève la tête, enfin la voit, plus précisément la reçoit en pleine figure – et il ne la voyait pas comme ça, il n'avait rien vu, la pensait plus fille, plus fine, la taille marquée, les épaules frêles, des cuisses de poulet, au lieu de quoi, celle-là dégage une impression de force qui étonne : vêtue d'un maillot deux pièces rouge, elle ramasse ses fringues qu'elle range tête baissée dans son sac, elle est massive mais découplée, plutôt grande, fesses hautes, longues cuisses bombées, grands bras déliés, le torse très ouvert, un beau cou. Eddy lui fait signe de s'approcher vers le rebord du plongeoir, orteils au frais dans le vide, mets-toi là. Elle s'avance, s'immobilise à un pas. Vas-y ! Je compte jusqu'à trois et t'y vas : un… deux… trois.

La fille s'avance, regarde en bas, puis oscille d'avant en arrière, et répète, ouais ouais, qu'on en finisse, un… deux… trois. Ne saute pas, au dernier moment fait un tour sur elle-même. Recommence une fois cette figure, conclut je peux pas, je peux pas y aller, j'ai le vertige. C'est quoi cette histoire ? il demande. C'est rien, elle réplique, j'ai peur, c'est tout. À cet instant, par mégarde, il croise son regard, en oscille aussitôt de tout son corps, une oscillation inconnue : jamais il n'aurait cru, pas même imaginé, qu'il serait un jour contenu dans un tel flot de douceur et de brusquerie. Interdit par cette tête, les traits rudes, le front haut et large, le nez long, busqué, poussé depuis le haut du front comme sur une statue grecque, les yeux fendus, les cheveux épais blonds coupés court accusant une mâchoire baraquée et fougueuse comme le reste, moche, belle, moche, belle, moche, belle il ne sait pas, trancherait plutôt moche s'il n'y avait cet étonnement qu'il éprouve à la voir – et qu'elle soit si près de lui.

Il s'est placé dans le flux de sa lumière, et l'accompagne, intelligent, puisque c'est l'heure, après tout, heure pyromane, nuit/jour, nuit/jour, tic tac, tic tac, cliquètement du monde terrestre, dominos, tout cela est affaire de course orbitale, rien de plus régulier. Par ailleurs il n'est pas certain qu'elle soit si moche. T'as peur, t'as peur, mais tu l'as jamais fait, comment tu peux savoir ? Comment tu peux savoir ce que ça fait le vertige si tu as si peur ? Il a parlé dans un souffle, depuis quelques secondes, la fille resplendit sous le soleil horizontal, ciblée en pleine tête comme le naos au fond du temple, et sa peau s'est dorée d'un coup, peau d'héritière, lisse et douce, irisée d'ambre solaire, pieds bronzés, ongles nacrés, un paréo tahitien, trois glaçons dans un verre à orangeade, tchin-tchin, va faire ton piano chérie, Eddy trouve qu'il n'y a rien de plus passionnant à cette minute que cette peau de fille, là, toute concrète, membrane qui palpite, absorbe et transmet, tissu qui capte et décongestionne, rien de plus troublant que cette peau. Il réagit, n'est pas dupe, se demande pourquoi cette fille chourave dans les sacs, il y a quelque chose qui cloche, il n'aime pas trop ces histoires-là, se méfie des tordues, vaguement inquiet donc, ça ne correspond pas, mais précisément – on s'en doute –, cette torsion le mobilise. Aussi, l'écoute-t-il comme s'il nageait à contre-courant, et prend la mesure de chacune de ces paroles quand elle lui répond je peux le savoir parce que justement, le vide, ça m'attire, c'est pour ça. Eddy hausse les épaules. Cette réponse lui déplaît.

Dix minutes qu'ils sont seuls sur le Just Do It, l'air fermente la lumière du soir décolore peu à peu le Cap, faut faire quelque chose, faut y aller maintenant. À contre-jour les peaux s'assombrissent quand les dents rutilent d'un blanc de céruse.

Eddy coupe court à la conversation, se racle la gorge et annonce d'une voix ferme ouais, ouais, alors on est pareils, t'as qu'à me suivre, t'as qu'à faire comme moi – il hésite à se rétracter soudain, sait qu'il joue gros : s'il saute le premier, il prend le risque que la fille s'échappe par l'arrière du Cap et atteigne la quatre voies avant que les autres soient remontés à temps pour la retenir, il sait aussi que ceux qui l'observent comme on s'obsède du chef ne seront pas dupes, et qu'il met en jeu son autorité. La fille l'interroge, t'as peur alors ? Eddy jette un œil en bas, lui aussi mordoré maintenant, la peau brune piquetée de minuscules auréoles blanches et poudreuses que le sel séché aura déposées, et qui sent le Big Mac, la Marlboro et la mer à cargos, lui aussi les boucles épaisses, mais la dent de requin sur le ras du cou coquillages, et souple, nerveux, mobile, les yeux vifs sous les paupières gonflées, il lui plaît tout autant, vu de près, que lorsqu'elle l'épiait à s'en brûler les prunelles derrière sa fenêtre.

Il opte pour précipiter le mouvement, elle fait tout pour prolonger leur face-à-face, il le sent et elle l'entend qui approuve. Ils savent tout et, forts de cet axiome sensible – une autre attraction, latérale celle-là –, ils mélangent leurs présences physiques et aléatoires, entremêlent leur force, s'agencent et se combinent sans même se toucher ; sont comme les fauves qui se cherchent dans le bruissement des clairières tropicales : leurs corps sont leur messager, leurs mouvements leur porte-parole.

C'est le grand rodéo qui se met en branle, qui prend corps entre eux et dilate leur cœur. Ouais j'ai le vertige, c'est sûr, Eddy rigole, quand je saute, j'hallucine, je me disloque, je deviens gigantesque, puis il regarde au loin et ajoute, s'enfoncer là-dedans, j'aime ça. Elle l'écoute, ajuste son maillot – les index lissent l'ourlet de la culotte, à même la peau des fesses –, puis il déclare ok, on va y aller en même temps. Elle hoche la tête, et un frisson la parcourt tout entière, passe sous sa peau, des picots chair de poule apparaissent, les minipoils se dressent au garde-à-vous. Une fois en position de départ, d'un coup la voilà pâle, les cernes creusés, elle est exsangue. Eddy ne dit rien. Il voudrait tout arrêter mais sur le Just Do It, le scénario s'est emballé. Il vient à son tour se mettre en place à côté d'elle, ils font la même taille, trente centimètres les séparent. Ils prennent leur respiration, décomptent les secondes, trois, deux, un… go !, se précipitent alors dans le ciel, dans la mer, dans toutes les profondeurs possibles, et quand ils sont dans l'air, hurlent ensemble, un même cri, accueillis soudain plus vivants et plus vastes dans un plus vaste monde.

Sylvestre Opéra repousse ses jumelles et vient s'asseoir à son bureau, se tasse au fond de son siège, front bientôt cinquantenaire nervuré de sillons méditatifs, stylo bille maintenu en équilibre entre sa lèvre supérieure retroussée et la base de son nez important, il réfléchit. Une tannée, ces gosses, une engeance. Ont pris possession de la corniche depuis le vallon des Auffes jusqu'au Roucas-Blanc, et prolifèrent, du chiendent, plus nombreux chaque année que la précédente, se regroupent en bandes, semaine après semaine inventent de nouveaux promontoires d'où bondir dans la mer, des tremplins de plus en plus hauts, de plus en plus dangereux, aptes à exacerber la rivalité entre tous, entre les bandes comme entre ceux qui les composent, aptes à fixer des classements et couronner des champions, chaque jour c'est compète, chaque jour tous défient, ricanent, bafouent le droit et la sécurité, viennent le narguer jusque sous ses fenêtres, des p'tits cons y a pas à dire, marteaux crétins rien dans la tête, la corniche est à eux, elle est à leur image, elle est leur domaine, prenez garde Opéra, ça va mal finir, je vous somme de mettre un terme à ces agissements, de restaurer immédiatement l'autorité municipale, d'attraper manu militari ces petits saligauds, de les saisir par la peau du cou et de les reconduire un par un sur les plages surveillées, afin de les contenir dans les périmètres sécurisés, en deçà des lignes de bouées... Bla-bla-bla harcelant son oreille, une voix obsédait désormais Sylvestre, une voix fluette qu'il savait accordée à un petit corps sec tiré à quatre épingles et perclu de tics nerveux, un corps contrarié qui sautillait sur place à l'autre bout de la ligne téléphonique : le Jockey, maire tout-puissant de la ville, appelait désormais un jour sur deux, fermant immanquablement ses appels en s'exclamant Opéra, souvenez-vous, nous ne sommes pas à Acapulco ! – curieux slogan dont il usait pour dire son horreur du populeux, du grouillant, de tout ce que la pauvreté recèle de vice, de poux, de délinquance, parmi quoi ces célèbres petits plongeurs faméliques qui risquaient la mort contre des piécettes jetées par poignées depuis les vitres des autobus promenant les touristes le long des falaises mexicaines.

Ces injonctions n'étaient pas nouvelles et longtemps Sylvestre Opéra avait fait la sourde oreille, invoquant l'absence de base légale pour agir, arguant de la mobilisation de la quasi-totalité de sa capacité d'intervention dans d'autres luttes

– trafic de drogue, contrebande, flux migratoires clandestins, proxénétisme : au fond, il renâclait. Pourchasser des gosses à travers les rochers lui collait des pieds de plomb, il consentait donc au strict minimum – parfaitement exécuté cependant. Mais voilà : l'an dernier, à la suite d'un pari stupide et passablement alcoolisé, un garçon de seize ans s'était tué en sautant depuis le tablier du pont de la Fausse-Monnaie, soit quinze mètres de hauteur pour cinquante centimètres d'eau, la mort sur le coup. Fort de ce drame qu'il s'attacha à déplorer via les journaux locaux et autres prises de parole publiques, le Jockey réussit à faire voter un arrêté municipal interdisant les plongeons depuis la corniche, ce qui l'autorisait dorénavant à exiger des résultats comptables. Oui, grâce à lui, grâce à son action, la ville serait enfin tenue – rênes courtes ! rênes courtes ! allait-il répétant, écuyer plein de hargne –, on saurait rétrécir peau de chagrin le champ d'action des gosses et l'amplitude de leur mouvement, on saurait assourdir leurs cris, calmer leur jeu, étouffer leur déconne, on réussirait à désensauvager la zone – c'en serait bien fini d'Acapulco.

Dans le courant du mois de juin, les personnels concernés reçurent une lettre de mission sur papier poinçonné aux armes de la municipalité, et assortie d'une circulaire du ministère de l'Intérieur. Leur teneur était simple, se résumait à deux mots inscrits dans une police grasse et de deux corps supérieurs à celle du texte courant :

tolérance zéro. En conséquence de quoi, les divers sauts et plongeons dangereux opérés depuis les rochers de la corniche seraient passibles de fortes sanctions au même titre que les chiens sur les plages qu'ils soient ou non muselés, tenus en laisse, les feux, les concerts spontanés, les tam-tams et les djembés, les nudistes hors du périmètre autorisé, les campeurs, les jet-skis dans la bande des trois cents mètres, les bateaux en excès de vitesse, les pêcheurs sous-marins sans permis quand munis de tridents et de fusils de chasse, les vols, évidemment, les radios et chaînes hi-fi portables à plein volume, la vente sauvage de beignets, de chichis, de glaces, de café, de thé à la menthe, de paréos, de journaux, de cigarettes et de briquets, de tout ce qu'un homme en boubou peut trimbaler sur son dos, dans ses bras, la mendicité et le racolage, les nuits à la belle étoile, dorénavant tout cela était clairement prohibé dans une charte du littoral en vingt points, oui, à partir de maintenant ça ne rigolait plus, puisque tolérance zéro, on l'a dit, puisqu'on ferait ce qui avait été dit, puisqu'on serait exemplaire, le Jockey allait partout répétant ces résolutions – traduisez : pour chaque infraction, on coffre les contrevenants, on les embarque au poste, on appelle papa-maman si mineur, on informe tout ce petit monde, mission de prévention oblige, on n'est pas des bêtes, on énumère la liste des peines prévues en cas de récidive, enfin on relâche l'interpellé contre une amende conséquente – soixante-huit euros

– après avoir inscrit son identité dans le disque dur de l'ordinateur central et hop, on repart en chasse, et toujours on garde un œil sur les statistiques. Or, les siennes étant peu probantes, Sylvestre consentit à s'intéresser de plus près aux gosses de la Plate.

Eddy est apparu le premier dans un fracas liquide, oreilles bouchées paupières dégoulinantes, l'a cherchée aussitôt, ne l'a pas vue, rien, pas de tête claire, pas une épaule, pas un morceau de tissu rouge, il a balayé du regard la surface de la mer, et tourné sur lui-même, deux ou trois pirouettes, qu'est-ce qu'elle fout, où est-elle passée, enfin a pivoté vers le Cap d'un coup gigantesque vu ainsi en contre-plongée, montagne haute sur l'eau – une coque de transatlantique, dure, noire, menaçante – et s'est couché en arrière pour faire la planche : le Just Do It a jailli au-dessus de lui comme une lame de couteau, vide, putain la meuf n'a pas sauté, c'est ça, elle est restée sur le promontoire et s'est cassée par la corniche, elle lui a baisé la gueule cette pute, il n'aurait pas dû lui faire confiance, il aurait dû la faire sauter, la forcer, quitte à la saisir par le poignet, un châtiment exemplaire, tu parles, maintenant les autres sur la Plate le méprisent.

Eddy hésite à l'appeler, il ne sait pas son prénom, articule finalement ho, hé ho, fatigue à rester ainsi debout dans l'eau, remuant bras et jambes comme le poulpe ses tentacules, pédalant à la verticale, ho, hé ho, il reprend plus fort, affolé soudain, c'est une connerie d'avoir fait sauter cette fille, il y en a qui se réceptionnent mal dans l'eau et se tuent net, il y a des accidents, il le sait, et la fille n'est pas comme eux, pas le genre têtes brûlées, plutôt échappée de sa piscine mosaïque celle-là, elle ne l'avait jamais fait, le Just, il panique, envisage la fille morte flottant sur la mer, et dérivant vers les plages du Prado, ou encore explosée dans un flot de sang, la tête dessoudée du torse, le soutien-gorge rouge enroulé autour de la cheville, la tête entre les jambes, il tourne comme une toupie dans la mer, ho, hé ho, crie, hurle, ho, hé ho, c'est un accident, je vous jure je ne voulais pas, c'est un accident, on a toujours vu des minots sauter du Cap, ça existe depuis que la corniche existe, c'est un accident, cette fille, c'est elle qu'a voulu le faire, le Just Do It, sept mètres, faut pas exagérer, il n'a même pas eu à la pousser, elle y est allée toute seule. Eddy crawle à présent, crawle comme un malade pour faire le tour du Cap par l'avant, se dit qu'elle a tenté peut-être de remonter par le côté est et qu'il ne l'a pas vue, un espoir, mais rien, c'est désert, et maintenant tout est de plus en plus sombre, le soir descend, la mer bruite son clapot trompeur, les lumières brodent la ville, des paillettes, des arabesques, des pointillés, il crawle à nouveau, fonce, fonce à mort, contourne à nouveau le Cap, les autres l'attendent c'est sûr, il faut dire à Mario de ne pas toucher au sac de la fille, ça pue les emmerdes une nana pareille, il voulait pas, c'est un accident, il crawle à toute vitesse, n'a jamais fendu l'eau de la sorte, n'a jamais activé au bout de ses pieds une telle force motrice, il n'entend rien, n'entend pas les autres qui l'appellent debout alignés sur la Plate et lui font de grands signes, certains agitant leur portable à bout de bras.

La fille est là, au milieu de la bande. La banane. Le maillot de bain ajusté. Les cheveux courts mouillés qui bouclent Botticelli, l'eau qui dégouline sur les tempes, plocploque le long de la colonne vertébrale, les yeux qui ressortent légèrement des orbites. Eddy la voit, immobile, retirée quand les autres autour d'elle s'agitent et appellent, Eddy, Eddy – elle a le triomphe contenu des vraies prétentieuses. Il est soulagé et furieux, vexé d'avoir eu peur pour elle, pour cette conne, ralentit à présent, doit reprendre son souffle. Dernières brasses lentes. Arrivé à quelques mètres du bord, il plonge et file en apnée jusqu'à l'échelle de piscine, qu'il grimpe, bras tendus, dos droit, un prince. Les autres marchent vers lui, hilares, hé, tu sais quoi? elle veut le refaire, elle a adoré le Just Do It, le grand kif, elle veut le refaire, ils entourent Eddy qui ne répond rien, signifie qu'il veut fumer, on lui tend un clope, on lui grille une allumette, première taffe, il se dirige vers sa serviette sans jeter un œil à la fille qui attend sur le côté, sans un mot pour personne. La troupe vaguement interloquée se disperse, les couples se reforment peu à peu sur les serviettes, Mickaël et Ptolémée se rhabillent et enfilent à leur bras leur casque intégral, vont serrer une à une toutes les mains à la ronde, Rachid téléphone de sa main libre, il rancarde une fille pour la soirée – hâbleur, sûr de lui, il est de loin le plus beau de la bande, le plus joyeux, le plus play-boy, la tchatche d'un vendeur de jeans et la souplesse d'un félin, et toujours des tee-shirts d'un blanc étincelant –, Nissim s'inscruste au milieu d'un cercle de filles, dont Carine, Nadia et Loubna qu'il attrape par la taille et fait semblant de vouloir mettre à l'eau – elle se débat et hurle de rire, mais trop fort, elle veut attirer l'attention d'Eddy, tout le monde le sait, sauf Nissim qui n'a pas compris et lui tourne autour. Seul Mario attend. Je vais prendre son sac ? il demande à Eddy qui se dirige vers sa serviette. Reste là, il répond d'un ton sec, elle a qu'à y aller elle-même, et après elle dégage, je veux plus jamais la voir ici. Il s'assied, se passe une main sur le torse, il a mal, une douleur sourde creuse son ventre, c'est un point de côté, une crampe sèche – est-ce parce qu'il a forcé en nageant ? ou parce que l'angoisse l'a déchiré quand il n'a plus vu la fille ? il ne veut pas savoir.

Mario vient s'accroupir à côté de lui, à son tour allume une cigarette, demande hé Bégé – pour draguer, Eddy s'est adjoint le qualificatif de Bégé, ce sont les initiales phonétiques de «beau gosse» : Eddy le Bégé, voilà un nom de personnage, un nom stylé, celui d'un prince de la corniche – qu'est-ce que t'as, hein, elle l'a fait, le Just Do It, ça va, c'est bon. Eddy siffle entre ses dents, détachant une à une les syllabes, ok, c'est ça, c'est bien, c'est bon, maintenant qu'elle se casse. Il remet ses lunettes puis s'allonge sur le dos. Mario attend sans broncher, puis poursuit à mi-voix, le truc, c'est qu'elle veut le faire du Face To Face maintenant, elle adore trop. Eddy ouvre les yeux derrière ses verres fumés et voit la fille qui attend, tournée de trois quarts vers la mer. Il sourit, glisse à Mario d'une voix complice – il est son minot, comme il dit, son protégé : elle nous fait le coup des bourges qui veulent avoir le vertige, classique, tu vas pas te laisser avoir hein, Mario, rassure-moi, pas toi, hein ? Il lui donne un coup de coude connivent sans quitter la fille des yeux, puis doucement reprend, calme, pédagogue : nous on a rien à voir avec ça, nous c'est pour le grand jeu qu'on le fait, pour l'adrénaline, c'est parce qu'on est ensemble, c'est juste ça, c'est parce qu'on est comme ça, alors va lui chercher son sac si tu veux, et après dis-lui de partir.

Mario se lève, visage fermé, et se met en route vers le Cap sans un signe à la fille qui lui emboîte le pas et le rattrape au bout de quelques mètres. Ils se parlent, Eddy les voit, la fille fait de grands gestes, jette un coup d'œil dans sa direction et revient vers lui à foulées amples,

Mario sur les talons. Elle se plante au bout de la serviette d'Eddy et débite à voix haute – elle bute sur les mots, une colère foutraque lui fait venir les larmes aux yeux – écoute bien toi, le stylé de mon cul, j'ai chouré, j'ai sauté, on est quittes, et ici, je fais comme je veux, j'ai pas de chef, pigé ? À ces mots, Eddy est sur pied, tendu comme un arc – il réagit comme le requiert ce statut de chef qu'il doit tenir, même las, même embrouillé, les autres ne sont jamais bien loin qui traînent comme des chiens pleins d'ennui, cette fille qui le chauffe de trop près, ce n'est pas bon pour lui. La voix onctueuse et le sourire soleil contredisent la violence de son œil et son poing tremble en douce quand il lui jette alors, paraît qu'on aime avoir le vertige ? paraît qu'on kiffe le Just Do It ? ouah, c'était trôôp bien – il se dandine, petite voix aiguë, la fille se vexe, un pli amer grippe à sa mâchoire qui mute bénitier –, le truc, il poursuit, c'est que moi je veux plus avoir affaire à toi, et je vais te dire pourquoi : parce que un, j'aime pas les tireuses de portables, deux, j'aime pas les bourges, trois, j'aime pas les tordues. Dégage. Et il se recouche. Silence.

Ils sont partis les uns après les autres, se sont rhabillés, leur peau cuite tiraille sous les jeans rigides, du carton, des écailles de tortue apparaissent sur les talons, les cils poudrés de sel brûlent, les bouches sont sèches. La fille aussi est partie, Mario l'a suivie des yeux qui remontait sur le Cap récupérer ses affaires avant de gagner la corniche par l'arrière et de disparaître. À présent il enfile un tee-shirt, j'ai la dalle, il dit, je vais rentrer, y a ma mère qu'est là ce soir, j'y vais, salut, et plus tard sa mobylette – n'a pas encore l'âge légal requis pour la conduire – démarre, déflagre au-dessus de la Plate, fait entendre le bruit si particulier de son moteur truqué, lequel se fane dans le flot des véhicules.

Eddy reste seul, allongé. Il sait bien, pour le Face to Face, il a compris la fille, ils sont pareils. Il sait la relance du monde à chaque saut, à chaque impulsion de pied sur la pierre, comme une figure libre qui ferait le pari de la transcendance inversée, il sait le corps débordant et désorienté qui reconquiert un autre espace, un autre monde à l'intérieur du monde ; non pas la chute, donc, le truc grisant de tomber comme une pierre, mais être contenu dans le ciel, dans la mer, là où tout croît et s'élargit, et devenir le monde soi-même, coïncider avec tout ce qui respire, et que ce soit intense, rapide, léger, il sait tout cela, il en connaît les dangers, le tourbillon, la nausée, les yeux révulsés, la tête à l'envers.

À vol d'oiseau, la distance entre la Plate et le bureau de Sylvestre Opéra couvre cent mètres, pas davantage, si bien que, posté sur la terrasse, on y tient du regard une belle portion de littoral : le rivage – le théâtre des opérations en somme – et, de part et d'autre, la ville – trouble, aléatoire, agitée – et l'horizon – lent, imperturbable.

C'est précisément cette latitude qui décida Sylvestre Opéra, nommé directeur de la Sécurité du littoral, à s'y établir il y a maintenant sept ans : il indexa l'amplitude de son champ d'action sur celle de son champ de vision, se dit qu'il aurait les coudées franches, de la perspective, pensa qu'il saurait se déployer; alors il traversa la pièce, ouvrit la porte-fenêtre, fit trois pas sur la terrasse baignée du soleil cristallin de février, accrut le volume de ses poumons en inspirant l'air du large, se tourna vers l'homme qui l'accompagnait et annonça : je reste. Les plus vieux des gosses de la Plate venaient alors de fêter leurs dix ans dans les tours merdiques des quartiers pauvres de la ville et lui s'était catapulté là pour renaître.

Flic dans un commissariat de Forges-les-Eaux, Sylvestre Opéra piste un malfrat jusque dans le massif des Maures. C'est alors un homme d'une force colossale, qui combat sa mélancolie à la hache, domestique son diabète, tient bien l'alcool et aime la loi. Une tuberculose de la hanche mal soignée – symptôme non décelé de coxalgie bretonne – lui a laissé une légère claudication qu'il compense en chaloupant du bassin et en roulant des épaules en sens inverse à chaque pas – mais, ce faisant, il se déplace à toute berzingue.

Donc, le massif charbon de cet automne 2000. Sylvestre attrape le tournis, s'affole, la forêt est close, griffue, une nasse noire, les vipères y sifflent et les rapaces y fondent lentement en ellipses impeccables, les routes y zigzaguent par segments courts et brutaux, creusent le maquis, lacèrent la fourrure sèche, filent oxygénées sur les lignes de crête ou plongent dans les ravins, sinuent au fond de gorges entonnoirs qui craquent comme des bahuts, les fusils claquent, et l'odeur de la résine finit par le défoncer si fort qu'il doit se résoudre à remonter la vitre.

En guise de couverture, il devient en novembre barman dans une boîte douteuse située le long de la nationale, Le Chantaco – palmier rose tracé au néon sur la façade, déco Miami, mais une chiotte en vérité, moquette équivoque, banquettes de velours poisseux, odeurs de sueur et de tabac froid, piste de danse sinistre mais bonnes bouteilles et spots en nombre, accrochés par rampes de six ou huit, et rouges, et puissants, parce qu'il faut bien maquiller la scène –, loue un studio à La Garde-Freinet, planque. Chaque jour vers dix-sept heures, on le voit garer sa voiture – une Opel Corsa noire louée à Hyères – sur le parking de l'établissement, consulter son portable, sonder le taux de sucre dans son sang en se piquant le bout du doigt, puis entrer dans la salle afin de commencer sa mise en place. Tandis qu'il s'active, le même bonhomme chantonne solitaire dans le fond de son verre.

Jusqu'à vingt heures, les lieux sont calmes, ensuite ça rapplique sec. Une clientèle entre deux âges, célibataires trentenaires ultraféminines regroupées sur des escarpins neufs, vieux beaux qui ramassent encore bien, couples échangistes, commerçants aisés, médecins bien nourris, locataires de basse saison, petite faune locale, traîne interlope d'individus vêtus avec recherche et parfumés.

L'animal finit par se montrer un soir de janvier, vers minuit, fait trois tours de parking dans sa grosse berline anthracite – une Mercedes 500 –, freine, les pneus écrasent pesamment les graviers, les portes claquent, l'homme est accompagné, une fille jeune, c'est à elle que se rive le regard de Sylvestre Opéra alors qu'il secoue son shaker comme un malade.

Le type est un second couteau en mal de gloire, amer et impatient, monté en graine auprès des caïds embourgeoisés du Milieu, des pères de famille débonnaires qui commanditent leurs crimes en caressant la joue d'un enfant ou le pelage d'un chien, des entrepreneurs pragmatiques qui veulent garder la main, sans plus sortir de leurs villas, sans plus descendre la coupée de leur yacht – des cruisers noirs au luxe sobre qui mouillent le long des plages et ramassent les filles dans des youyous grand genre. Puisque les filles, précisément, c'est l'objet du trafic, ça jute comme il faut.

Sylvestre Opéra sait par cœur les rouages du réseau, ses lois, et ses territoires, connaît celui qui vient de débarquer – son visage est cloué aux murs des commissariats parmi les faciès des voyous les plus nocifs du territoire national : peau mate et cheveux noirs ondulés dans le cou, diamant à l'oreille, fossette au menton, lèvres fines, beau gosse –, le sait impulsif et paranoïaque, corps et cerveau détraqués par la cocaïne, d'autant plus dangereux qu'il est aujourd'hui en rupture de ban, oui, terminé le petit lieutenant qui fait le sale boulot et passe sa vie en cavale, finie la laine tondue sur le dos par des parrains gavés et reclus, intouchables : l'homme veut de la considération, du respect, et sa part du gâteau – lui aussi donner des ordres secs depuis des portables dernier cri, son maillot de bain gouttant l'eau chlorée d'un palace de la côte.

La boîte est pleine maintenant, des couples

dansent sur la piste et se frôlent, tête basculée en arrière et yeux mi-clos. Sylvestre surveille le sbire et garde son sang-froid. Trois ans déjà qu'il a déroulé sur un parking de Forges-les-Eaux la toile de bâche qui contenait le corps nu et torturé d'une inconnue que personne ne réclama jamais – type caucasien, dix-neuf, vingt ans, blonde, yeux verts, un mètre soixante-quinze, soixante-deux kilos, seins refaits, anus défoncé –, trois ans qu'il est saisi de l'affaire, dévoré, ne peut rien faire d'autre, ne pense qu'à cela : le visage tuméfié de la fille imprimé au creux de ses paumes comme une décalcomanie indélébile – et même, le jour où sa compagne le quitta, elle voulait un enfant, lui non, s'est lassée d'attendre, a rencontré quelqu'un de moins taciturne et de plus tendre, Sylvestre, soulagé, s'ébroua comme un cheval et, euphorique, intensifia la traque. Il a quarante-quatre ans quand il amorce sa migration en forme de filature. À force, il a pénétré la zone fibreuse et multialvéolée du crime organisé – came, putes, machines à sous, sempiternelle combinatoire –, une halte de six mois à Grenoble, puis trois à Marseille, et c'est le parking du Chantaco un soir de mistral violent – les arbres crochus obstruaient un ciel lugubre, les aiguilles de pin lui lacéraient le visage, un boucan du diable embrouillait ses oreilles et soudain il se vit cherchant le château de la Bête dans la forêt hostile.

Sylvestre ne s'est pas trompé, couve le couple, leur verse whiskys secs et gin-tonics, évalue l'abdomen de l'homme, repère le bosselage du flingue sous le veston crème hypercintré, remplit les coupelles de cacahuètes, tranche des citrons, sucre la bordure des verres, distingue le fort accent russe de la fille quand elle lui demande du feu et manque de chuter quand leurs regards se croisent – la puissance d'un choc qui se produit à la vitesse de la lumière. Après quoi ils se conjuguent et, bien que séparés par la ligne du bar, se reconnaissent et se dévoilent leur code, foncent l'un vers l'autre, sans prononcer une parole, sans même se regarder, sans bouger d'un millimètre. Le malfrat tourne le dos au comptoir et d'un regard tendu balaie la salle, portable à l'oreille, parle à son dealer, veut de la came et des filles à ramener sur la Côte pour la nuit, il l'a promis, celles qu'il voit sont trop vieilles à part deux ou trois qui se tortillent, là, juste devant, il négocie, sa voix comme une ligne de basse audible dans le vacarme, quand subitement il fait volte-face et saisit Sylvestre au col par-dessus le comptoir, vrille le poignet afin de lui faire remonter la glotte au-dessus du col de chemise, le poing congestionné sous les phalanges poilues, et, une fois sa face approchée à quelques centimètres de celle de l'autre, à la pointe du nez lui susurre toi quand je reviens demain, t'es plus là, aussitôt le relâche comme un sac, se retourne et poursuit sa conversation, son bras vient enserrer fermement la taille de la fille qui baisse les yeux, tremble et fume, le gérant se précipite, petit bonhomme huileux, il a vu l'incident, souffle à Sylvestre tu joues avec ta vie, ses paupières s'affolent comme s'il manquait de magnésium, et il conclut, mauvais, tu te casses demain, Sylvestre ne répond rien, rince les verres, débarrasse le bar, finit par s'essuyer la nuque avec un torchon.

Le lendemain, un dispositif d'envergure se déploie dès vingt heures autour du Chantaco. Une brigade est montée d'Hyères, l'établissement est encerclé, les types planquent toute la nuit, il fait un froid de gueux, des chauves-souris font des raids entre les réverbères du parking, quelques châtaignes explosent comme des pétards. Sylvestre Opéra fume deux paquets de Lucky, trois tours d'écharpe autour de son cou qui porte encore la marque violacée de la veille. Il a une pierre dans le ventre et les maxillaires courbaturés à force de mâcher des chewing-gums entre deux clopes. On vient lui taper sur l'épaule, il se dégage d'un coup de coude, demande quelque chose à croquer, mais rien, pas un bout de pain qui traîne, pas un biscuit. Personne ne se montre, que tchi, nada.

Au matin, on lève le camp. Sylvestre donne des coups de latte dans le tronc des chênes-lièges. Il ne rentre pas dormir, suit dans sa petite caisse de location la lente cohorte des véhicules qui ont fait demi-tour et redescendent à Hyères. Le massif est couleur de cendre, pétrifié dans un ciel pur qu'émaille le gel, des rubans de glace faufilent l'intérieur des virages, bientôt formeront des congères, et il va lentement, croise des chasseurs solitaires musettes encore flasques, qui s'arrêtent sur le bord du chemin, éberlués par le convoi, leur fait signe de la main, cherche une station rock à la radio, distingue entre deux grésillements le *flow* mat de Frozen Borderline, un album qu'il sait par cœur, hausse le volume, réfléchit à la suite des opérations tandis que le visage de la jeune Russe de la nuit se forme devant lui, et bouge en kinétoscopie, démultipliant le volume de son cœur et accélérant sa pression artérielle, il le chasse et se concentre, enfin arrive en ville, là, fonce dans les locaux de police, poireaute dans un couloir devant le bureau du commissaire principal, le visage écrasé dans les paumes, l'homme apparaît, tard, un cours de tennis, très déçu lui aussi, très, franchement mon vieux aussi déçu que vous, il regarde Sylvestre, il est mal à l'aise – ses cernes sont effrayants, son cheveu hirsute, sa mise négligée, voilà un type qui dérape sec –, conclut : reposez-vous, Opéra, il y a des signes de fatigue qui ne trompent personne. Sylvestre insiste, il faut reconduire le dispositif ce soir, il va revenir, à coup sûr, il doit trouver des filles, il l'a promis, il viendra se servir dans le massif, normal, la Côte est rincée. Onde de tension silencieuse, Sylvestre attend, se tord les mains, sent ses forces le fuir par l'intérieur des cuisses, il finit par ajouter dans un rire saturé de noirceur, chef, faut savoir qu'un bon renard chasse toujours loin de son terrier, et le chef sourit. Tranche ok, ok, on double l'opération, mais effectifs réduits, deux bagnoles, six bonshommes, désolé mon vieux, je ne peux faire plus.

Le soir même, à minuit, les équipiers de la veille retiennent leur respiration quand la berline roule jusque devant l'entrée du Chantaco, Sylvestre chuchote les consignes dans son micro haute définition, détaille à nouveau chaque phase de l'action à venir et les gestes qui correspondent, répète enfin : attention, il est armé. Le même couple sort de l'habitacle, claque les portières, se dirige vers la porte, trois pas – la fille est moulée dans un jean et perchée sur des échasses, son imper est ouvert, elle a un œil au beurre noir –, Sylvestre donne le signal et les flics ferrent l'homme et la femme, littéralement leur tombent dessus, puisque trois d'entre eux sautent du toit tandis que deux autres se propulsent hors des buissons et déboulent par-derrière, arme au poing, annihilant de cette façon toute idée de retraite. Vingt secondes ont suffi : l'homme est menotté à la lueur des phares, fourré tête baissée à l'arrière d'un véhicule banalisé, Sylvestre s'assied à sa droite. La fille se relève, effarée, est embarquée dans une autre voiture, le gérant la rejoint, on fait sortir les clients stupéfaits, ivres et débraillés, extinction des feux.

L'interrogatoire a lieu dans la foulée. Ils sont deux dans le petit local sans fenêtre du commissariat d'Hyères, il est une heure et demie du matin, Sylvestre Opéra mène l'affaire aux côtés d'un flic qu'il ne connaît pas. Le type entre, menotté, aussitôt se gobe, se hausse du col, arrogant, je veux un avocat, j'ai chaud, j'ai soif, j'ai mal, je veux voir un médecin, et Sylvestre lui explique doucement que tout ça, oui, bien sûr, mais pas avant quarante-huit heures, et d'ici là on doit causer. Le type plisse les yeux, siffle fais attention, fais très attention, je vais te faire la peau, petit flic de merde, petit salaire de merde, petite caisse, petite queue, tu m'impressionnes pas, minable, je dirai rien, je connais mes droits, t'as rien contre moi. Mais Sylvestre sifflote. Il prend son temps, laisse venir avec méthode, inlassablement le recadre, précise ses questions, prend soin de laisser affleurer en fin de phrases des insinuations cruelles qu'il articule avec lenteur, enfin déplie ses conclusions, donc tu vois bien, tu es ce qu'on appelle un bras armé, un valet professionnel, grassement payé, ouais, ça j'espère qu'au moins tu as bien ramassé, mais t'as toujours été maintenu à l'écart : jamais ils ne t'ont fait partager leurs secrets, jamais, les comptes numérotés, les transferts, les connexions internationales, les accords négociés. Pourquoi ? parce que pour tout ça ils ont pas besoin de toi, même nous – Sylvestre joint les doigts en bouquet et se frappe la poitrine –, même nous on en sait plus que toi – l'autre, blême, sourit. Et pourquoi ça, hein ? il poursuit, c'est tout simple, ils se disent que t'as rien dans le citron, toi, t'es bon qu'à faire mal, t'es un méchant, torturer une fille qui prend la tangente tu fais ça bien et sans faire d'histoire, t'es un superexécutant, c'est nickel pour eux de t'avoir, ça on peut pas dire, tu leur rends bien service ; mais voilà : s'ils marient leur fille, tu gardes le parking, ouais, ils te fourrent une coupe de champ dans la main, te proposent un de leurs cigares perso, te glissent un peu de poudre dans la poche de ton smok – parce qu'ils savent bien comment faire avec toi, ta dose de dope susucre au bon chien, ouaf ! ouaf ! viens chercher ! –, voilà, et ils te tapotent la joue en te disant Tony, sois gentil, va choufer les Benz, voilà toi t'obéis et eux ils vont faire danser la mariée, voilà, sûr qu'ils sont contents de toi, c'est bien normal, pour eux, c'est tout bénef, c'est toujours des gars comme toi qui prennent des risques et se coltinent la merde, les basses besognes, eux ils sont peinards, ils ont de bons avocats, c'est dur de les coincer, réfléchis, quand même, c'est con pour toi tout ça.

Le type ébranlé macère, mutique, trois heures durant, mais son cerveau s'active, dedans ça s'effrite, ça se lézarde, il visualise des scènes, un mariage justement, putain ils le prennent pour un con, ils l'ont toujours pris pour un con, depuis le début, alors il se met à table, Tony, avec réticence d'abord, un hochement de tête, une grimace, un mot, puis deux, puis c'est le grand déballage, les enculés, la bande d'enculés, voilà qu'il est mauvais, et puis il est seize heures, il a faim, il est en manque, on lui promet des frites et de quoi tenir, mais après, tempère Sylvestre, après, l'autre salive et finit par y aller franco, mouille la tête du réseau, sans hésiter, bafouille même à force de précipitation, se mélange les pinceaux – prénoms, noms, surnoms, parentèle, faut dire qu'Antoine l'aîné c'est Tonio, Antoine le cousin c'est Nino, Antoine le neveu c'est Tonino et tout à l'avenant, et par ailleurs lui c'est Tony – et Sylvestre, patiemment, écrit, rature, recommence. Sur la fille torturée roulée dans la couverture, l'homme se braque, sais pas, connais pas, c'est pas moi. Mais si c'est toi. Bien sûr que si. C'est toi. Forges-les-Eaux, le casino, ça te dit rien ? Sylvestre le questionne de plus en plus doucement, la tentation de la violence irrigue son corps, influx de sang chaud qui gonfle ses veines, il y résiste, serre les poings et la mâchoire, ses lèvres ne filtrent plus qu'un filet de voix suave, c'est un effort titanesque qui l'épuise si bien qu'il doit sortir du bureau à intervalles réguliers pour s'asperger le visage et se piquer à l'insuline, tandis que dans la pièce son collègue demeure assis à la table, le dos rond, feint d'être absorbé dans un Sudoku. Au bout de vingt-quatre heures, le type craque, précisément se fissure, chemise ouverte et bouche béante, d'un coup articule ouais, ouais, c'est moi – avec ce ton ah ça putain celle-là j'l'ai pas loupée, et la main qui s'abat violemment sur la table, la bouche fondue en sourire serpentin – et Sylvestre à ces mots bondit et renverse sa chaise, se jette en travers de la table, torse raide et bras comme des battes de base-ball qui sabrent l'air, s'abattent, poings propageant la rage et le chagrin jusque-là comprimés dans un creux du plexus, petite cave de dégoût sur quoi la peau s'ombre, et le collègue est debout lui aussi, comme éjecté de son siège, une main aussitôt crochée sur l'épaule de Sylvestre, une main insuffisante puisqu'il lui faut rapidement l'enserrer des deux bras à la taille comme on retient un âne qui tire, buté, sur le mauvais chemin, hé, arrête, fais pas ça, mais Sylvestre lui balance un coup de coude dans le bide, il a déjà plaqué l'autre par terre, ordure, ordure, et lui maintient l'abdomen immobile, l'avant-bras en travers de la trachée-artère, tandis que sa main libre a saisi au front la chevelure poisseuse, ordure, une pleine poignée, et lui frappe la tête contre le sol, bang, bang, bang, et continue, en pleurs, la face cramoisie, il suffoque, continue bang, bang, bang, continue jusqu'à ce qu'elle ne soit plus qu'un poids, cette tête, une masse évanouie, et que lui-même à son tour soit frappé.

La fille rapplique une semaine plus tard sur la Plate. Arrivée au poteau repère, elle se faufile entre les deux-roues garés sur leur béquille, prend garde de ne pas se brûler en touchant les chromes bouillants des moteurs, franchit la trouée du parapet, passe les taillis en silence, une fois sur les rochers ôte ses sandales et, les tenant ensemble à deux doigts par la sangle arrière, se coule entre les énormes blocs agencés les uns aux autres dans une mise en scène de chaos – tout se tient quand tout branle, ce sont toujours des forces adverses qui tendent l'espace. Bientôt, la voilà qui passe la tête derrière le même rocher à découpe animale, et sort à découvert. On se fige sur la Plate, on se pince, putain la revoilà, c'est elle, la tireuse de portable de la semaine dernière, la meuf chelou qui voulait se faire le Face To Face, qui a dragué Eddy comme pas possible, on se jette des regards en biais, bing bing, du billard, on retient son souffle, on a soif, qu'est-ce qu'elle vient foutre ici toute seule, elle a pas de copains cette meuf, elle est seule sur terre ? Personne ne bouge un cil quand la fille passe devant eux, défile l'air de rien, l'air de celle qui vient bronzer là, sur cette plate-forme qui est à tout le monde, l'air de celle qui les emmerde, et gagne à l'extrémité ouest une surface de roche hospitalière, s'y installe.

Eddy s'est levé, calme, la serviette en écharpe, rassemble sa troupe et, sans jeter un œil à la fille, tourne les talons pour marcher sur le Cap. Ceux de la bande qui sont restés ricanent en douce, pauvre meuf, elle fait pitié, qu'est-ce qu'elle cherche, qu'est-ce qu'elle s'imagine, la honte, puis se détournent d'elle, basta, et bientôt s'agitent de nouveau, se poussent, se roulent des pelles et plongent, tandis que les autres, là-bas, tombent maintenant dans la mer comme des petits bâtons, sans faire d'écume – juste des cris et des ploufs.

Une heure se passe, la fille se baigne à intervalles réguliers en bout de plate-forme : elle s'approche du bord, tâte l'eau et y descend, prudente – peu de fond, des oursins –, crawle sur vingt mètres et revient s'asseoir sur sa serviette bleue, les genoux sous le menton, c'est là que Mario l'attend, cheveux lustrés en arrière, acteur, clope au bec, il a traversé tout le plateau pour la rejoindre et maintenant il fait son cinéma. On t'a dit de te barrer, de pas revenir, tu comprends rien ? Il n'est pas agressif mais joue le garçon sage, responsable, enveloppant, le garçon de confiance. Il se mesure à elle devant les autres. Plus tard, assis à côté d'elle qui ruisselle, il demande direct, t'habites où ? La fille lui indique d'un coup de menton le virage tout proche et les villas blanches enfouies sous un front végétal – jasmins, lauriers-roses, bougainvilliers, eucalyptus, silence pour mieux écouter les cigales et palmier souverain ponctuant la terrasse. Et toi ? Mario opère mêmement pour désigner les tours et barres agglomérées qui dominent la ville, au nord, puis il revient poser ses yeux sur le feuillage du virage, le fouille, le perce jusqu'à y toucher un morceau de pelouse vert épinard, surface fluorescente et soyeuse sous les pieds nus puisque bellement hydratée tchiktchiktchitchik, un pan de parasol crème, un éclat turquoise. T'es tout près alors, il conclut, se tournant vers la fille, la fumée de la dernière bouffée de cigarette expirée se dissout entre eux comme un écran. Elle ne répond rien, déclare brusquement je veux me faire le Face To Face – si déterminée que Mario s'écarte d'elle –, il faut que tu arranges ça pour moi, que tu parles à celui qui était là l'autre fois, pour qu'il me prenne avec lui – une lumière perpendiculaire irise sa peau, modèle son visage, roule sur ses pommettes, Mario la regarde droit dans les yeux, reprend le dessus, et pourquoi je ferais ça ? Elle pivote la tête vers lui, et riposte, froide, c'est toi qu'es venu t'asseoir là, non ? Mario sourit, se passe la main dans les cheveux puis d'un bond se lève et lui demande qu'est-ce que tu me donnes si je fais ça, si je t'arrange le coup ? Madré soudain, petite frappe renifleuse, lippe avide et œil qui négocie, pupille millénaire dans figure de treize ans, pupille qu'elle sonde, curieuse, quand pour un peu elle lui presserait le bout du nez à ce morveux, elle en ferait sourdre la goutte de lait des mioches. À quoi tu penses ? Tu veux de l'argent ? Qu'est-ce que tu veux de moi ? Elle hausse les épaules, ricane, blessante à force d'ignorance, idiote à cet instant, ne voit pas Mario qui se penche sur elle, résolu, l'ombre portée de son corps plaquant sur elle une forme obscure : juste tu me roules une pelle. Ah. Elle marque un silence, la tête immobile et le regard porté au large, dac, ça marche.

L'après-midi se consume, ceux du Cap sont rentrés. Des plaques rouges marquent leur corps, symptômes des plats cuisants. Ils ont les yeux injectés de sang et les lèvres violettes, le corps sans force, le pas incertain tellement ils ont sauté, fait des bombes, tellement ils se sont projetés hors d'eux-mêmes, dans la dimension la plus affirmative et la plus concrète qui soit, tellement ils ont cherché à capter la pesée ténue d'une attraction universelle.

Mario s'avance vers eux et intercepte Eddy qui se dégage d'un geste sec, mais le gamin le retient, le serre par le bras, ils parlementent, ça dure, les autres ramassent leurs affaires, tous quittent plus tôt ce soir, y a match, une demi-finale impérative de Champions League, ils vont le regarder ensemble dans un bar du port, on entend Eddy crier je viens, je viens, quand derrière lui les filles tergiversent, le foot, elles ne savent pas, pour l'heure, elles chantent a cappella autour de Loubna qui s'est levée, yo c'est moi Mary, Mary J. Blige, c'est moi Mary, The Queen of Soul RnB Music, yeah, elle a rabattu sa casquette sur son visage, a ébouriffé ses cheveux et se déhanche, *You Make Me Feel Like A Natural Woman*, ouvre une bouche immense sur un micro invisible qu'elle tient à deux mains, oh Mary, ses copines claquent des doigts et font les chœurs, mais remontent lentement, les garçons attendent, elles iraient bien au port avec eux, Loubna, viens, on y va.

Mario est à la traîne. Le Bégé n'a rien voulu savoir et maintenant il se presse, il est hors de question qu'il se fasse distancer par le groupe et rate le début du match. Il se rhabille en vitesse, dos à la mer, dos à la fille qui attend de savoir, puis sans même lui faire un signe, gravit à son tour les éboulis. En dix minutes, la Plate est vide, enfin presque.

La fille se lève, rassemble ses affaires à grands gestes, les fourre dans son cabas, se met en route, retraverse la Plate. Arrivée au niveau du rocher à échine de dinosaure, au lieu de tourner à gauche en direction de la quatre voies, elle continue droit vers le Cap. On la voit qui marche vite, butée, la bandoulière de son cabas lui griffe l'épaule, ses lunettes tressautent sur son nez qui transpire, ses tempes battent un rythme d'enfer sous son visage de pierre. Une fois atteint la base de la péninsule, elle commence à grimper suivant le tracé de la fois dernière, en chemin ôte ses lunettes noires et niche ses affaires dans une anfractuosité de roche, tapote dessus à plusieurs reprises pour bien les caler, puis poursuit l'ascension, de prise en prise gagne enfin le Face To Face, s'y poste debout, les pieds parfaitement parallèles sur le pas de tir exigu, espacés de vingt centimètres, et ainsi dressée, regarde droit devant elle : la corniche roule vers les montagnes et se métamorphose, file à pleine vitesse, disjonctant de la mer qui est mate ici, et lente, et lourd le ressac en contrebas des rochers.

Combien de temps reste-t-elle postée de la sorte à douze mètres au-dessus de la mer ? Au moins cinq minutes, peut-être davantage, le temps, en tout cas, pour Eddy et Mario – qui, l'ayant observée depuis le poteau repère, ont fait demi-tour criant aux autres, allez-y, on vous rejoint – de descendre, bondissants, aériens, d'ôter à nouveau leurs vêtements, et de monter la retrouver sur le Face To Face afin de la surprendre en douceur comme on apprivoise un animal farouche, un voyou pris en flagrant délit de braquage à main armée, un éploré suicidaire. Quand ils arrivent, elle est en mauvaise posture, bloquée, grise, une statue, prête à vomir ses poumons. Écoute-moi – c'est Eddy qui parle, la fille est de dos, figée, la configuration du promontoire est telle qu'il est impossible de la faire reculer –, t'arrêtes de faire la conne et tu m'écoutes : Mario va passer devant toi pour te montrer comment faire pour éviter le ressac, tu te décales de vingt centimètres sur la gauche, vas-y tu as la place, ensuite je viens et ce sera ton tour.

Les garçons ne surent jamais quel fut le sourire de la fille – sa durée et son style, sa forme de flammèche – qui, calme, posa les yeux sur la cosse terrestre, puis s'écarta pour laisser passer Mario dont elle put voir de près les bras calibrés allumettes – dont le droit, tatoué d'un bracelet de barbelés à hauteur du biscoteau. Au moment de s'élancer, il se tourne vers elle et lui demande, hé, c'est quoi ton prénom au fait ? La fille, exsangue comme la dernière fois et le visage crispé, articule Suzanne, et, entendant cela, Mario contracte son corps avant de le déployer soudain d'un coup et de se projeter en avant, hurlant moi Mario, toi Suzanne, la fille de ma… Il saute comme un ange malingre – comme si la gravitation terrestre était un frayage, comme si le ciel dissimulait des lignes de fuite qu'il fallait saisir tels les pompons du manège – et quand il réapparaît à la surface de la mer, poisson pilote tout sourire, il renverse la tête vers elle, et clame tu m'as bien regardé ?, trop pur, tu vas voir, tu m'as vu ?

Eddy l'a rejointe et la prenant par les épaules – dures comme du bois –, il la redécale vers la droite, comment t'as dit que tu t'appelais déjà ? Suzanne, elle réarticule, la langue cimentée par le vertige. Il répète, feignant d'être songeur, Suzanne… ah ouais, genre ma grand-mère, quoi ! Il la regarde de haut, ludique, elle est franchement moche tellement elle est blafarde, décolorée, les traits grossiers, la peau sèche et les lèvres fripées. Genre, ouais, elle réplique à voix basse, les sourcils soudain dessinés en accent circonflexe inversé. Moi, c'est Eddy, il reprend, une main sur la hanche, vedette décontractée. Elle étrangle un rire, trop stylé ! Silence. Bon on y va ? il demande. Yes, let's go. Ils ne décomptent pas les secondes mais respirent ensemble, une grosse lampée d'air, et décochent du Face To Face l'un après l'autre, Suzanne puis Eddy, et une fois dans l'air ce qu'ils éprouvent est un soulèvement général, celui du monde qui palpite en eux, l'écho de leur présence sous le ciel en coupole, et quand leurs deux têtes émergent à la surface de la mer, elles viennent s'agencer à celle de Mario, se disposent comme les pointes d'un triangle isocèle, et ils nagent sur place, ont les yeux grands ouverts, des sourires mouvants, soleil coulé entre le feuillage ou bancs de sardines irisées argent, sont cernés de mille désirs qui claquent, bruitent comme la canopée, et la nuit qui monte au-dessus de leurs trois têtes décore de ses lumières la corniche tout entière.

La nuit, la Plate est déserte. On n'y descend pas. Difficile de se garer sur la corniche, de surcroît dans un virage. Et puis c'est malfamé, dit-on, ça craint, c'est sale, pas éclairé. On va ailleurs, on préfère les places bruyantes, les terrasses pleines, le glouglou des fontaines, les palmiers de bronze illuminés par le dessous, leurs longues feuilles découpées noires sur le noir du ciel et ployant tels des sabres, on préfère les cafés du port. Même les amoureux ne font plus la balade.

Autrefois un franc mouvement de balancier y rythmait la vie : le jour, les mêmes gosses mobiles, vifs, bruyants, dents délabrées idem et sourires coruscants, les mêmes poulains lâchés pour la première fois dans le corral, les mêmes sauts depuis les plongeoirs du Cap, les mêmes conneries, les mêmes vertiges; la nuit, coupe-gorge et champ de rixes, agitation sourde, macchabées déversés là n'importe comment depuis deux paires d'épaules costaudes penchées au-dessus du parapet, corps inertes démantibulés entre les blocs de pierre, tête la première jambes en l'air, ou règlements de comptes, exécutions de sentence et cadavres effondrés dont les policiers pouvaient aisément cerner les contours sur la roche, à la craie ou au pinceau, alors que le commissaire remontait le devant de son chapeau mou d'un geste de l'index, et ordonnait d'une voix blanche le bannissement des photographes qui ne manqueraient pas de dégrader la zone du crime.

Certes, il y a bien aujourd'hui des trios de mémères énormes et matinales qui y déplient péniblement des sièges de toile, devisent en rang et se baignent à voix haute – la mer est leur lieu de prédilection, porte à leur place leur corps trop lourd, elles y frétillent comme des sirènes –, un bambin braillant le mercredi entre leurs cuisses formidables et tuyautées de varices – lequel est illico gavé, crémé, rafraîchi ; il y a bien des routards qui s'y endorment – l'été, le sac de couchage sarcophage autocuiseur étuvant des odeurs humaines irrespirables, l'hiver, un ou deux chiens en pelisse –, des gens qui en cherchent d'autres, en attendant se masturbent dans le creux des rochers, des couples égarés qui grimpent sur le Cap et prennent la pose à tour de rôle devant l'appareil photo, suspendus au-dessus du vide par l'effet d'une illusion d'optique, et rigolent d'avance de la bonne blague qu'ils vont faire ; il y a bien la livraison semestrielle de briques de came compressées sous film plastique et plus rarement des flingues graissés qui transitent roulés dans des couvertures – et alors ça ne rigole pas, les Zodiac accostent en silence à la rame et repartent après que des types les ont chargés sous l'œil d'un guetteur pourvu d'un Scorpio plaqué contre le torse et tenu à deux mains, la tête pivotant comme un phare automatique – ou encore des gens qui ne veulent plus vivre et vont se jeter dans la mer depuis le bout du Cap. Mais la plupart du temps, rien, c'est vide, pas un chat.

C'est pourquoi personne ne vit Mario et Suzanne debout face à face et contenus dans la poursuite lumineuse d'un lampadaire halogène de la corniche Kennedy, bouches ouvertes collées – la fille inclinée donc, puisque bien plus grande –, paupières closes et cils frémissants, mains de l'un posées à plat sur hanches de l'une, mains de l'une croisées dans le dos de l'un, pieds alternés au sol – une basket dressée sur les orteils, une sandale, une basket dressée sur les orteils, une sandale –, personne ne vit les ombres mouvantes sur leurs joues, creusées ou gonflées de l'intérieur par la ronde des langues enlacées, muqueuses excitées à mort par un désir aussi rudimentaire que la faim ou la soif : s'embrasser ; personne ne distingua l'excès de bave sur le pourtour des bouches, aux commissures, bave dont les filaments bulleux scintillaient dans la lumière comme des cascades microscopiques ; personne ne perçut la vibration des mentons, le tremblement des cils, personne ne vit rien, pas même la silhouette d'Eddy le Bégé postée en bord de Plate, lequel leur tournait le dos, dévorait la mer obscure, bandait lui aussi, ravalait sa salive, et jetait quand même des coups d'œil rapides sur les aiguilles turquoise, phosphorescentes, de sa montre de plongée, et plus tard personne n'entendit le même crier ho hé, quinze minutes, c'est bon !, ni les respirations essoufflées des deux qui venaient de se disjoindre brusquement et se passaient maintenant le dos de la main sur la bouche avant de se sourire bravement –, ni ne put distinguer ce que Mario criait, quelque chose comme ouais, ouais, on peut y aller, et personne ne les vit se regrouper, allumer des cigarettes, quitter la Plate en file indienne et enfourcher tous les trois un même scooter, celui d'Eddy, un Granturismo aubergine à selle noire, Mario au milieu et Suzanne à l'arrière, personne ne les vit démarrer en trombe, les mèches de cheveux voletant hors des casques, et, brûlant de vie comme des torches en plein vent, foncer rejoindre les autres polarisés sur un écran plasma au fond d'un café du port.

Personne sauf un inconnu au bout de ses jumelles. À son poste comme toujours, au bord du garde-corps de la terrasse et torse basculé en avant de la barre, la tignasse électrique, une cigarette mais pas encore d'alcool ; a tout vu du baiser, devine une transaction bien que ces deux-là jouent de tout leur corps, sans aucune retenue, ses jumelles attrapées à la hâte le lui confirment. En bas, la corniche brûle comme une scène de spectacle : palmiers en éventail et lampadaires halogènes – un palmier, un lampadaire, un palmier, un lampadaire et ainsi de suite selon le même espacement de sept mètres – frangent le plateau si bien que la rampe est festonnée de poursuites blanches sur quoi bougent, nonchalantes et oblongues, des feuilles splendides, vert émeraude, formant rideau. Et toujours Sylvestre Opéra attend son héroïne.

Quand il ressort du commissariat, il ne sait plus quelle est l'heure, quel est le jour, quelle est l'année. Un vent mordant lui taille les joues, le ciel est bosselé comme du vieil ivoire et, sur le trottoir d'en face, une fille se tient debout, imper ceinturé, mains dans les poches et lunettes noires, il traverse. La fille ôte ses lunettes, je t'attendais, et Sylvestre lui répond en désignant le commissariat par-dessus son épaule, je t'ai cherchée par là-bas ; déjà ils sont à pleine vitesse, avalent les étapes comme les athlètes sautent les haies, mêmement sales et épuisés, nerveux, le tutoiement direct, forgé comme un outil à déblayer le terrain, et, à les voir ainsi piétiner côte à côte, personne ne miserait un centime sur leur paire, la pute et le boiteux, Tania et Sylvestre. Depuis longtemps, tu attends depuis longtemps ? Sylvestre demande ; je ne sais pas, j'ai froid, elle tremblote sur ses talons aiguilles. Ils quittent la ville par le front de mer. Tu me feras voir ton œil.

Peu de véhicules, trafic fluide, Sylvestre pilote la voiture comme une Alfa Sud en course de côte, à intervalles réguliers ravitaille la fille en eau et en Kleenex, s'étonne de leur présence commune dans cet engin révisé bolide, tremble, sourit, abaisserait la vitre et hurlerait dans le courant d'air s'il ne craignait d'apeurer sa passagère, un cri de victoire qui n'aurait pas grand-chose à voir avec Tony menotté en cellule, mais donnerait une réplique exemplaire à son corps saturé de fatigue et de solitude, douloureux comme s'il n'était qu'une seule courbature, un unique hématome, et qui maintenant remue, touché, enfin retient l'événement qui le traverse, enfin se laisser affecter. À gauche l'ombre noire de la montagne arborée de pins et piquetée des lumières de la côte, à droite la mer mate. Il jette des regards obliques à la jeune femme qui cligne de sa paupière enflée, sourit de nouveau de ce même sourire que l'on aime chez lui et ils foncent à toute allure sur la corniche qui perfore la nuit, déployée comme un nouveau récit, créant sur son passage des milliers de scénarios et tant de personnages.

Sylvestre intercepte le profil de Tania tandis qu'elle fume, cendrier abaissé comme une main tendue, happe la ligne issue du front bombé que prolonge sur l'arrière de longues racines noires commuées mèches blondes, intercepte l'angle de l'arcade sourcilière cassé net au-dessus des pupilles, les cils rigides gainés de mascara, au garde-à-vous sur les paupières mi-closes, touche le globe de l'œil, lequel luit d'un éclat si doux que Sylvestre en tressaille, fait une embardée, vient taper le rail de sécurité – des étincelles orange jaillissent au-devant du phare tribord, joyeux feu de Bengale – puis se recentre d'un geste équivalent, poursuit sans ralentir, le pied sur l'accélérateur, rejoint le cerne gris et creusé comme une cuillère d'étain, la pommette crâne, la grande oreille bien collée, l'arête du nez droit et la narine encoche sur l'envers de la face, comme un soupirail, les lèvres gravides, lesquelles avancent et remuent, s'entrouvrent sans émettre une parole, le menton sensible qui semble se déboîter du cou à la moindre accélération, accompagne leur trajectoire au millimètre près. La faim les gagne, on devrait s'arrêter, une brasserie du Lavandou fait l'affaire, la commande arrive illico, des steaks, du vin, Tania réclame un cendrier.

Il est des peaux qui parlent, chacun sait cela, la peau de Tania parla pour elle, peau de fille mal nourrie, élevée aux farines épaisses, aux viandes pauvres bouillies dans le saindoux, régalée aux cornichons et soignée à l'huile de foie de morue, aux rasades d'alcools forts ; Sylvestre devina le teint brouillé sous le maquillage, l'épiderme lavé au savon astringent, les cheveux desséchés à force d'ammoniaque, il vit les plombages cassés de ses molaires, la dent cariée, la dent manquante derrière les incisives, il vit l'avortement express dans l'hôpital glacé, les cuisses maigres haussées sur la planche, l'infirmière qui malmène et le médecin qui plie l'enveloppe dans sa poche poitrine, il vit les croûtes d'eczéma sur les coudes, et le revers des bras, veineux, transparents, percés d'orifices microscopiques à cicatrisation lente, il vit tout ce que l'on voit par en dessous, en contre-plongée, l'enfance russe, l'adolescence rageuse et marronnasse dans la banlieue de Vladivostok – Vladivostok, on ne peut pas faire plus loin –, ciel bas, odeur du poêle à fioul dans le salon, parents gymnastes devenus chômeurs soit ex-corps glorieux au rebut et regards trempés au formol zyeutant une télévision de pierre, trophées soviétiques esseulés sur les étagères, débrouille, trafic, trois ou quatre couvertures vérolées sur les lits, lourdes, lourdes les couvertures, mais sans elles pas de sommeil car le froid attaque dur, voilà, Sylvestre vit la pauvreté, c'est tout, la pauvreté, et au coin de la fenêtre, pleurant le communisme, la babouchka voûtée sous le châle fleuri et la petite Tania avec ses grandes guiboles, l'enfant qu'on ne peut retenir chez elle parce qu'elle est trop belle et que les hommes la réclament, ceux qui tournent lentement dans la cité au volant de BMW maquillées achetées cash sur des parkings en Pologne, portent costumes sombres et revolvers plaqués sur le rein, des revolvers dont ils usent de la crosse pour se masser le sexe par-dessus le pantalon devant des vidéos pornos projetées dans des appartements aux rideaux continuellement tirés, ceux qui lui caressent la joue baby baby, et lui préparent des rails de poudre sur l'émail du lavabo, au fond d'une suite d'hôtel quelconque, ceux qui lui promettent un avenir au soleil, ailleurs, à l'ouest, au chaud, là où l'argent ruisselle et les fringues foisonnent, pourvu qu'elle soit gentille, pourvu qu'elle se laisse faire, qu'elle les suce gentiment et baisse sa culotte, pourvu qu'elle leur présente ce cul qu'elle a doux et blanc, ce cul extralucide.

Un jour, elle est partie, Sylvestre le voit, les filles qui laissent tout derrière elles ont le dos large comme Tania, elle a zippé son sac, embrassé la grand-mère et pris la tangente, dents serrées pieds nerveux, la tangente, c'est exactement cela, nuits froides sous des bâches à l'arrière des camions, toilette de chat dans les aéroports ou les stations-service, cafés de hall de gare pris dans des gobelets brûlants, elle a traversé des fleuves, passé des frontières, marché dans les tunnels, elle a eu peur, elle a couru, elle s'est cachée, elle a menti, elle a reçu des coups et elle en a donné, elle a payé chaque goutte d'essence et chaque bouchée de pain, a payé de sa personne, avait cru enfin souffler quand elle s'était retrouvée un dimanche d'avril sur la corniche Kennedy, assise sur le parapet de béton, paupières closes chauffées doucement sous le soleil tendre, la mer bruissant au-devant d'elle, échouée mais vivante, échouée mais vivante, vivante vivante vivante, un moment de grâce qui n'avait pas duré ; elle s'était fait piéger là, au fond d'un virage de la quatre voies, minijupe en jean effilochée sur boots vernis noir, racoleuse, épargnant en douce de quoi fuir et comptant trois fois ses billets après chaque passe, pute clandestine exhibée puisque poule attitrée d'un tueur maboul, un homme qu'elle complimente à l'oreille sur sa virilité dans une langue roulée, tordue, larguée comme elle, mais guerrière, et qui ressemble à s'y méprendre à l'anglais de Yasser Arafat ; parce que la guerre, elle sait par cœur, la fille roulée dans la bâche, il y a trois ans, elle sait, une fille de Mirny qui voulait rentrer chez elle : je préfère encore redescendre au fond de la mine, c'est ce qu'elle disait ; la mine, elle disait aussi qu'un jour elle en sortirait avec un million de dollars de diamants au fond de la culotte, et ils paieraient pour ce qu'ils lui avaient fait, ça la faisait rire de dire ça, alors qu'elles étaient toutes trimballées dans des camionnettes d'un périph à l'autre, à moitié à poil et toujours aussi pauvres, surveillées par des types mutiques aux bras courts, aux cheveux ras ; insolente, imprudente, elle ne s'est pas méfiée, ils ont su qu'elle projetait de se tirer avant même qu'elle mette un pied dehors, elle avait trop parlé, fallait faire un exemple, elles étaient deux ou trois à Forges, des Russes de Vladivostok, on les avait traînées devant la fille, pour qu'elles voient ça, leur petite copine nue sodomisée sur le sol, la tête tirée en arrière par les cheveux comme on tire sur une bride et le cou en arc inversé, si tendu que plus un son, plus un souffle ne passait par la trachée-artère, voilà, qu'elles se fourrent profond dans le crâne qu'on ne déserte pas le réseau, encore moins sans avoir payé et remboursé la dette – on les fait bouffer, on leur paie des gros seins, on les sape et ça veut se casser, salopes ; voilà, la guerre.

Sylvestre Opéra regarde Tania qui mord dans son steak, le front pâle et les sourcils de fougères, le pruneau périmé sur la paupière, stigmate tangible d'un réel qui cogne. Il la voit, l'entend, parce qu'il sait d'instinct se placer pour voir et pour entendre, trouver le bon angle, capter la bonne fréquence : devant lui, une fille ramasse à toute allure une histoire plus vaste encore que l'histoire collective, et c'est à peine si elle reprend son souffle, c'est à peine si elle déglutit, le corps tendu, le buste en avant par-dessus les assiettes, les lèvres bientôt sèches comme du papier, la phrase en crue, complètement débridée, et qui fuite dans la nuit comme fuite la route, déroule sa force, comme si se taire c'était tomber par terre et rouler sous la table, comme si se taire c'était la panne sèche, le moteur qui crachote teuf teuf un soubresaut, deux trois hoquets, la grande expiration puis plus rien, alors Sylvestre l'accompagne, c'est un geste d'amour, et recueille un à un les segments d'un périple crevé de nids-de-poule, et commué par séquences en autoroute neuve sur quoi filer à toute vitesse suivant le marquage lumineux, plexus solaire ratatiné par la terreur.

Ils sortent de la brasserie, marchent vers la voiture – lui mains dans les poches de son blouson, elle bras croisés sur la boutonnière de son imper, tête baissée, le talon des chaussures crotté de la terre du maquis –, en chemin s'abritent du vent sous des porches, s'accroupissent le long des portes, poignets sur les genoux pour pouvoir fumer, la fille a la chair de poule sur les mollets et claque des dents, il pose une main sur ses reins – c'est un geste rugueux, tendre à crever –, pense qu'il leur faudrait des écharpes et des moufles, les nuits de janvier sont de vraies saletés, et Tania se lève, s'élance dans la rue sans se retourner, les cheveux frappant les épaules au rythme des enjambées, elle déclare à voix haute, je ne rentre pas chez moi, chez moi c'est aussi chez Tony, voilà, je ne rentre pas, je ne rentrerai plus, et

Sylvestre hoche la tête, je sais, on va trouver un endroit.

Elle s'endort subitement alors qu'ils remontent vers La Garde-Freinet, leur trajectoire s'est écartée de la mer suivant un angle droit qui entaille bientôt le massif des Maures. Sylvestre conduit lentement et à vitesse constante – se dit que les virages la berceront dans l'épaisseur obscure –, ils ne croisent aucune voiture mais soudain les mirettes d'un sanglier luisant dans le noir comme deux boutons de bottine. L'animal est immobile au beau milieu de la route, pris dans le faisceau des phares. Sylvestre freine, la tête de Tania bascule vers le pare-brise, heurte la paroi puis retombe contre le dossier. En face, c'est une bête énorme, au cou massif, aux soies rêches brossées en arrière, aux canines hypertrophiées, humides. Sylvestre patiente. L'animal bloque le passage, son haleine chaude fume dans la nuit glacée, le nimbe telle une apparition : monstre archaïque de force supérieure issu des forêts primitives. Il faut, pour le contourner, frôler le précipice ou risquer le fossé, Sylvestre choisit la première voie, plus large d'un mètre et, retenant son souffle, avance. Passe l'animal qui ne le quitte pas des yeux, le punaise via le rétroviseur, à cinq mètres donne un coup d'accélérateur, la bête bondit sur le côté et disparaît dans les fourrés. Sylvestre jette un œil de biais sur sa passagère endormie, et accélère.

Plus tard, tapi dans l'escalier, Tania sur les

talons, Sylvestre Opéra écoute la porte du studio heurter doucement le chambranle contre lequel elle rebondit en grinçant, ils gravissent les marches en silence, arrivés sur le palier, Sylvestre pousse la porte de sa main libre, l'autre ayant armé son calibre, ils entrent, s'étonnent de ne pas shooter dans les débris d'une pièce mise à sac. La serrure a été forcée mais le studio est calme. Tania s'avance vers le matelas, s'y effondre, s'endort tout habillée, Sylvestre tire les rideaux, bloque la porte avec une chaise, poste en face l'unique fauteuil et s'y assied, main sur la crosse de son flingue posé en travers de ses cuisses, il fait si noir qu'il ne voit plus Tania, ni son visage ni même une portion de son corps, mais perçoit le bruit régulier de son souffle, comme il finit par entendre le sien, cantilène complice des corps vivants.

Alors commença une nuit démente où Sylvestre dormit par flashs intermittents qui, à chaque nouvel ensommeillement, rechargeaient son cerveau en lucidité comme l'électricité la batterie d'un moteur. À toute allure, élaborées tels des cadavres exquis, des images cabanaient les unes sur les autres au beau milieu desquelles il était là, dressé à l'affût, montait la garde dans son logement, une blonde inconnue endormie à portée de plante de pied, c'est fini, pensa-t-il, c'est fini, c'est fait, ça y est, je l'ai eu, le visage de Tony se tordait sur lui-même comme une figure en cire chauffée à la flamme, et lui était nu soudain, léger, sa peau reconstituait doucement la corne translucide au creux de ses mains, aux talons de ses pieds, il se dit alors que c'est ainsi, exactement, qu'il aimerait être enterré, nu et sans cercueil, toute besogne accomplie, enfoui à même la terre du massif où viendraient se lover les hibernants de toutes sortes, les ours et les larves de moucherons, où remueraient les racines des arbres, que frapperaient le pas des bêtes et le sautillement des hiboux, il souriait dans le noir, bientôt se mit à rire et son gros ventre soubresautait tandis que son arme demeurait inerte ; nu et sans cercueil, voilà, hibernant lui-même, l'organisme en léthargie sous une membrane cryoprotectrice, sous une soie de prince, afin de pouvoir descendre à cinquante degrés Celsius en dessous de zéro, afin de renaître, afin de toujours renaître, le cœur océanique et le sang chaud pulsant les parcours adéquats dans son immense carcasse, le regard dessillé, comme posé sur le monde pour la première fois, dépossédé de tout, et il serait de retour, devait absolument écrire cela quelque part, laisser cette consigne à quelqu'un, mais à qui confier un tel message ?, qui pourrait prendre en charge son enfouissement ?, c'était un problème, à moins que quelqu'un soit en route pour venir le buter et alors il faudrait l'arrêter le temps de lui transmettre cette demande, enfouis-moi nu dans la terre, l'hiver approche et je veux revivre ; à moins qu'il en parle à Tania, elle est de la trempe de celles qui peuvent accomplir un tel vœu, il le sait. Sylvestre délirait à présent, pris d'un fou rire silencieux qui l'épuisa jusqu'à l'endormir pour deux heures.

Au réveil, gelé mais l'esprit foisonnant, il se souvint vaguement d'avoir pensé à la mort mais voilà, la vie, la mort, il n'y comprenait rien, c'était charabia et compagnie, les seules choses dont il était sûr étaient son corps – sa force, son rire d'ogre, ses épuisements subits quand le sucre venait à manquer – et son revolver posé là, si concret qu'à bien le considérer il en devenait effrayant ; oui, assurément il pouvait compter sur ces deux-là. Les yeux grands ouverts dans le noir, il entrevoyait maintenant son futur proche comme la réimplantation d'un cœur nouveau dans son thorax, et vibrait comme l'enfant s'excite devant un paquet cadeau aux boucles de bolduc rondes de promesses, oui fini le corps passoire, machine à écluser le flot de la vie même, personne ne viendrait les tuer cette nuit, la porte entrouverte, et au matin ils seraient toujours en vie, et même plus.

Voici le mince ruban de lueur blanche à la jointure des rideaux qui seul suffit à faire le jour, la peau de Tania est claire comme de la porcelaine, la gorge soyeuse sous la toile fatiguée du trench-coat. Deux seins reposent sous un pull, là, à quelques centimètres, chauds et doux, Sylvestre le sait. Il approche la main, doucement, mais soudain se lève d'un bond, s'agite, ramasse quelques affaires, met un chèque sous enveloppe pour régler son départ – loyer, débarras, nettoyage –, revient s'asseoir auprès de Tania, fesses posées sur le rebord du matelas une place, et, pieds vibrant déjà, il attend de voir bouger les paupières, les rideaux sont de plus en plus clairs, bientôt sonnera l'heure de repartir de zéro – mais où était-il le zéro, comment le localiser pour s'y arc-bouter et prendre son élan ?

À peine Tania a-t-elle ouvert l'œil qu'ils s'éclipsent en silence du maquis explosif, et prennent l'autoroute A 8 pour filer vers l'ouest. En chemin, ils s'arrêtent dans une station-service, avalent à petites gorgées un café brûlant qui leur cloque la langue – c'est malin – puis vont s'asperger la figure dans les toilettes, Sylvestre y vérifie son taux de sucre en se piquant le bout de l'index tandis que de l'autre côté de la cloison Tania épaissit de noir bleuté ses cils enveloppants. Sur le parking, ils s'embrassent enfin : leurs têtes se cognent par accident alors qu'ils ouvrent le coffre, bing, ils portent la main à leur tête, grimaçant, riant à la fois, puis se frottent l'un l'autre le coin du front, fais voir, ça va, t'as rien, alors évidemment leurs figures s'approchent si près que le mouvement s'achève sur un baiser, un baiser vite fait bien fait, et d'une tendresse inouïe entre deux bouches souveraines qui ont toute la vie devant elles, c'est Tania qui y va la première et entrouvre ses lèvres sur celles d'Opéra qui n'en revient pas, leurs mains accompagnent leurs bouches et modèlent leur visage un court moment, elles sentent le savon des collectivités, leurs pieds se touchent, puis ils s'écartent et, au moment de monter dans la voiture, Sylvestre lui déclare je vais te conduire chez quelqu'un qui pourra t'aider.

Ils sont à Marseille en milieu de matinée. Ciel porcelaine, froid sec de New York, on irait bien siroter un Martini en terrasse une chapka sur la tête, un koala sur les genoux. Moteur anonyme embringué dans des sillages confus, l'Opel Corsa noire circule sans plan avec une carte mémoire périmée – la dernière fois qu'il a traversé la ville, Sylvestre faisait une halte avant de prendre le bateau pour la Corse avec sa compagne de Forges, cette fille qu'il ne regretta jamais. Les voilà enfin sur les flancs de la colline d'Endoume, la voiture ralentit, bientôt s'arrête devant la porte d'une petite maison tout juste ravalée sous la peinture abricot, Sylvestre et Tania attendent, saturent un à un tous les cendriers de la voiture, le temps passe, l'indice de présence de leurs deux corps dans l'habitacle, ce taux de pénétration atmosphérique s'est résorbé depuis la veille, ils sont calmes maintenant, elle brosse ses cheveux pâles s'observant dans le miroir de courtoisie, il somnole, la petite maison aussi, aucun mouvement, personne, bon, allons déjeuner sur la corniche. Une ruelle en lacet bordée de murets que déborde le feuillage les conduit, et soudain une clarté éblouissante à flots dans l'habitacle, filtrée à travers le pare-brise pourtant sale encore des glaviots de chouettes du massif des Maures, des crachats de lièvres et des aiguilles de pin, et alors la corniche est là, blanche et lumineuse, poudrée de soleil.

Plus tard, ils se garent près du pont de la Fausse-Monnaie et, marchant vers un caboulot, lequel s'abrite derrière une épaisse paroi de plastique translucide, dépassent le Marégraphe, un panneau d'information : le marégraphe est le seul appareil en Europe qui enregistre et étudie sur le long terme le mouvement des marées et leur évolution, il recèle le repère fondamental, en platine iridié, à partir duquel sont établis tous les nivellements de France, il définit le zéro de référence. Sylvestre éclate de rire, le zéro, le zéro localisé, ils y sont, tout peut recommencer, il peut renaître, c'est maintenant, c'est là, il se tourne vers Tania afin de lui expliquer ces lignes formidables, voudrait lui dire son intuition de la nuit, n'aie pas peur, n'aie plus peur, mais il n'y a plus personne, seul un volume d'air à la place du corps de la jeune femme, un volume d'air contigu aux autres volumes d'air en transport au-dessus de la corniche Kennedy, Sylvestre Opéra se tourne et se retourne, ne voit rien, aucune silhouette ne marche vers le caboulot, aucune ne descend sur les rochers, pas un véhicule n'a freiné pour rapter la jeune femme, les voitures défilent à toute vitesse, Sylvestre s'assied sur le parapet, déjà il sait, ne la cherche plus, Tania a disparu.

Toujours la baie azur, les sauts, l'écume, les cris, les mêmes gosses qui sautent dans la mer des Grecs et ce soleil âpre qui percute le littoral, crame la rétine de ceux qui fixent la pierre crayeuse de la corniche, la mer scintille comme du sucre et les bourdons somnolent, c'est le plein été, sept ans plus tard, le vingt juillet, bientôt quinze heures.

Sylvestre Opéra s'est placé à l'embouchure des jumelles Zeiss depuis les hauteurs de son antre climatisé, et observe la Plate. Il a grossi, le diabète détraque son corps et attaque ses yeux, l'excitation alterne avec l'épuisement subit, le manquement général, rien dans les jambes, voile noir, sensation de rouler au fond d'un trou et plus tard, après ingestion de quelques sucres écrasés dans un fond de vodka pure, la force d'un tigre au réveil après ingestion d'antilope. Il porte son regard sur le toit du caboulot, devant le marégraphe, à près de cinq cents mètres, pense à Tania, une fraction de seconde, puis dévie ses jumelles de quelques centimètres, revient lentement, très lentement, caresse la corniche, bientôt cible le Cap, les trois promontoires, compte et recompte tout son petit monde, approche chaque visage, prononce chaque prénom à voix basse, et c'est long de tous les reconnaître quand ils changent à toute vitesse, parfois d'un jour à l'autre, embarqués dans une dynamique collective qui semble suractiver les propriétés mutantes de leur corps; ben voyons, murmure-t-il constatant qu'ils enchaînent à la queue leu leu des vrilles carpées depuis le Just Do It, juste là, sous son nez, ben voyons, faut pas vous gêner, les anges.

Lucky. Une patrouille en VTT vient freiner à hauteur du poteau repère, les trois équipiers – Playmobil rutilants à dominante turquoise, harnachés, gants, casques, genouillères, lunettes noires, matraque et téléphone portable à la ceinture – garent leur bécane le long du parapet, se penchent pour voir ce qui se passe plus bas, l'un d'entre eux s'aventure sur le palier, descend de quelques mètres à travers les buissons. Sylvestre jette un œil à sa montre. Pile à l'heure. Il est satisfait : la création de patrouilles cyclistes agissant côté terre, c'est lui; leur action déployée en synergie avec les brigades maritimes chargées de repérer les plongeurs depuis la mer, c'est encore lui. Crise de la bande littorale prise en sandwich, pressurisée entre deux fronts hostiles, hé hé cela devrait tout de même leur compliquer un peu la vie, à ces mômes, pense-t-il en écrasant bientôt le mégot de son clope. En bas, la patrouille effectue son contrôle, a intercepté deux plongeurs qui rentraient du Cap – Mickaël et Bruno –, parlemente avec eux – premier avertissement, information, prévention –, puis quitte les lieux d'un coup de pédale mollet, alors les adolescents se relâchent, on les entend crier, on les entend rire, rejouer le dialogue, ils se foutent de la gueule des agents cyclistes, ils se foutent de tout, remuent de nouveau comme des diables, disséminés sur les serviettes – ils ont des vers ou quoi ? Sylvestre recommence à balayer doucement les lieux, puis soudain bute sur une silhouette qu'il précise en réglant la molette centrale de ses jumelles : c'est une femme qui descend sur la Plate, une femme qu'il n'a jamais vue.

Elle a passé les buissons qui bordent le terre-plein et progresse avec précaution, trébuchante, maladroite, déhanchée, aucune souplesse, un corps raide qui lutte pour s'introduire dans le secteur, elle pose ses paumes sur les parois des pierres afin de s'y maintenir, anticipe des replats pour ses pieds et des prises pour ses mains, se tord les chevilles, manque de tomber – il ne lui vient pas à l'esprit d'ôter ses sandales à talons d'un rouge accordé à celui de sa robe élégante, un plissé de coquille Saint-Jacques, coupée aux genoux –, Sylvestre capte son profil tendu, les auréoles sombres sous les aisselles, les froncements de sa lèvre supérieure, s'y attache jusqu'à ce qu'elle parvienne dans l'ombre du rocher stégosaure : là, cachée, elle se rajuste, s'essuie le visage et, torse et menton redressés, pénètre sur la Plate d'un pas décidé, une entrée en scène, oui, exactement.

Dix enjambées stables plus avant, elle se poste devant Mario, Suzanne et Eddy, allongés côte à côte et face à la mer, clope au bec, un magazine people ouvert sous leurs trois mentons réunis en bouquet, s'approche si près d'eux que ses chaussures à brides mordent le journal, pris par surprise ils se redressent d'un coup, s'asseyent mais ne se lèvent pas, et alors la femme parle à Suzanne. C'est elle qu'elle regarde, c'est à elle qu'elle adresse un ordre bref que Sylvestre devine, bien qu'il ne sache pas lire sur les lèvres, trois mots articulés, quelque chose comme remonte, remonte immédiatement.

S'ensuit un affrontement manifeste dont Sylvestre ne saisit qu'un seul champ, celui de la femme, conservée nette au centre de ses lentilles optiques, tandis que les trois adolescents, de dos, lui échappent. Il donnerait cher pour tout entendre et tout voir, au lieu de s'agripper à ses jumelles comme un forcené, les muscles des bras bientôt douloureux, en nage à son tour, il donnerait cher, consentirait par exemple à rétrécir créature lilliputienne afin de se hisser dans l'encolure de cet oiseau blanc, là, qui a sautillé sur la terrasse, énorme et flou, puis a repris son envol, et maintenant plane en descente, doucement survole la Plate et vient juste de se poster, vif et léger, auprès des protagonistes de la séquence,

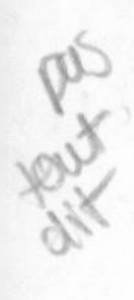

oui, Sylvestre donnerait cher pour être caché entre ses plumes, aux premières loges.

Il entendrait effectivement la femme ordonner à Suzanne remonte, remonte immédiatement, verrait la petite grimacer devant l'humiliation – putain ma mère, là, sur la Plate, devant la bande, la honte – et répondre qu'est-ce que tu viens faire ici, tu me suis ? t'es devenue flic ? – à ces mots, il y a fort à parier que Sylvestre Opéra chuchoterait dans la touffeur duveteuse du cou de l'oiseau blanc, le nez au ras des plumes, hé, c'est pas bien gentil de dire ça, fillette. La femme, bras croisés sur un buste creux – petits seins néanmoins définis par le soutien-gorge balconnet –, articulerait posément je suis venue faire que je suis ta mère et que tu remontes avec moi à la maison, que c'en est fini de traîner avec… – à cet instant, elle chercherait ses mots, éviterait de justesse de dire racaille, clique, voyous –, avec ?… rétorquerait la fille qui aurait entendu ce que sa mère n'ose pas dire, se sentirait en force, soudain debout elle aussi, bras croisés sur le buste,… avec eux conclurait la mère de deux coups de menton brefs désignant alternativement Mario puis Eddy, plus un dernier, circulaire, englobant la bande de la Plate où tous se sont tus et figés, visages tournés vers elle, flairant quelque chose d'anormal – c'est quoi ça, c'est qui ça ? Un silence s'y abattrait, coagulé aux bruits de la corniche, à ceux de la ville, à ceux de la mer, teuf-teuf des pointus de retour au port, vroum-vroum des vedettes rapides. La mère, insensible à l'attention dont elle se sait l'objet, regarde sa fille qui l'évite avec ostentation, moue boudeuse tournée vers le large, puis annoncerait, ferme, j'attends, je te préviens j'ai tout mon temps – un affaissement des épaules fait bâiller le décolleté cache-cœur de la robe, signe de lassitude qui n'échappe pas à Sylvestre et lui fait dire que si la femme est venue récupérer la petite, il faut qu'elle se redresse. Suzanne se met soudain à hurler, bras sitôt décroisés et tendus le long du corps, poings fermés, les omoplates qui dansent, quelque chose comme mais pourquoi ?, pourquoi je ne peux pas rester là, hein ? pourquoi est-ce que je devrais remonter me faire chier là-haut avec vous ? Elle recule aussitôt, un pas en arrière, car sa mère, elle, avance, bras décroisés et torse libéré idem, la colère fissurant à toute allure sa calme fermeté, la main armée pour gifler sa fille, paume figée dans l'air brûlant, et hurlant à son tour pourquoi ? parce que je ne veux pas que tu glandouilles ici toute la journée et que tu risques ta vie dans des sauts dangereux poussée par tes petits copains, tu as autre chose à faire de ta vie ! Mais quoi d'autre, quoi d'autre putain ? j'ai rien là-haut, j'ai rien ! Le visage de Suzanne est tordu à présent, on l'imagine, larmes montées aux yeux mais retenues à l'intérieur des orbites à force de tendre tous les muscles du visage, et sa mère, suffoquée devant tant de douleur, et s'imaginant clore la discussion d'un grand coup, assènerait alors ses mots les plus durs : mais regarde-les ! – elle les désigne tous, derviche désarticulé, ivre de sentir sa victoire toute proche –, regarde-les ! poursuivrait-elle, ils sont sales, bruyants, ils parlent même pas français, toute la journée avachis là quand ils ne font pas les crétins à sauter dans la mer, des dégénérés, regarde-les bien, tous autant qu'ils sont ! Les larmes jaillissent des yeux de Suzanne, Eddy et Mario se lèvent d'un bond, voilà qu'ils parlent à leur tour, les lèvres fébriles, ils diraient, hé, ho, madame, qu'est-ce que vous dites madame ? vous nous insultez ? c'est quoi ça madame ? Et s'interposent quand, empoignant sa fille par le bras et la secouant comme un prunier, la mère sifflerait entre ses dents, bon sang, mais tu es folle, tu vas venir oui ? Échauffourée. Les garçons libèrent Suzanne de la prise de sa mère, laquelle sort du cercle des jumelles, dévastée par l'échec, remonte vers la corniche, à nouveau vacillante, tandis que la petite, restée sur la Plate, s'assied et pleure de rage – de rage mais pas de douleur, juste de fines larmes verticales dans un visage buté.

Août s'affale maintenant sur la ville, violent, houle caniculaire qui embouteille les terrasses des glaciers et les douches des pensionnats, les ventilateurs s'arrachent dans les grands magasins, les brumisateurs d'eau thermale envahissent les poubelles des bureaux, on voit pulluler les vendeurs d'eau. Dans l'immeuble de la Sécurité, les agents ont chaud, tournent blets, les doigts collent aux touches des claviers, les langues se gonflent comme des tournedos, les paupières se ferment, les glandes sudoripares festoient sous l'épiderme, c'est l'abrutissement général ici pense Sylvestre Opéra qui décide au beau milieu de l'après-midi d'organiser une descente, réunit sur-le-champ une escouade de policiers et, zou !, tout le monde se met en branle et s'en va à pied.

Au poteau repère, le groupe se scinde : Sylvestre et trois hommes poursuivent sur la corniche pour gagner le Cap par l'arrière tandis que quatre autres passent les buissons et se faufilent entre les rochers direction la Plate. Encerclé de la sorte, le pic aux trois plongeoirs livre rapidement ses trompe-la-mort, ceux qui s'étaient jetés à l'eau hurlant v'là les condés n'ayant d'autre recours que de venir accoster sur la Plate, où ils se font cueillir en douceur.

Posté au pied du Cap, Sylvestre suit la manœuvre, le corps aux aguets, la tête en périscope, distingue une forme sombre à l'arrêt dans un repli rocheux, à hauteur du Just Do It : c'est une silhouette humaine, un des morveux se planque et fait le dos rond en attendant que ça se tasse. Sylvestre fixe l'ombre, hésite, c'est haut tout de même, il fait chaud, et il épargnerait volontiers ce gosse qui ne s'est pas fait prendre, s'est pétrifié là retenant son souffle, mais se ravise, aucune raison d'excepter celui-là du coup de filet surprise, celui-là qui déjà se croit plus malin que les autres, et plus malin que lui, qui racontera bientôt comment il les a bien baisés, lui et ses hommes, et Sylvestre s'élance.

Il n'a aucun mal à gagner le premier plongeoir bien que soufflant déjà comme un bœuf, le pouls accéléré, la transpiration perlant depuis la couronne du front et coulant bientôt si bien que ses lunettes glissent le long de son gros nez toboggan. Une fois debout sur le premier plongeoir, il fait une halte, s'y trouve bien, trois mètres de surplomb lui conviennent, il comprend que les gamins s'y précipitent, qu'ils s'y pourchassent en criant, se dit que lui aussi cela l'aurait fait rire – au lieu de quoi il avait dû se contenter d'un ponton sur l'Eure, au fond d'une cour de ferme où on le plaçait pour les vacances d'été, sa tante avait de la moustache et lui préférait de gros lapins noirs aux yeux mauves, encagés dans des clapiers puants et qui se précipitaient contre le grillage dès qu'il approchait, tremblant, les mains pleines de salade. Un coup d'œil en hauteur, le gosse est toujours là, ses cheveux frémissent en ombre chinoise sur la muraille calcaire. Opéra prend une large inspiration puis poursuit sa montée vers le Just Do It. Peine davantage, trouve les prises mais se brûle les doigts sur la pierre sans pour autant pouvoir accélérer, bon sang, qu'il se sent gros soudain, lourd, corpulent, se hisse plus qu'il ne grimpe, pieds gonflés dans ses souliers de ville, la toile du pantalon tendue à mort sur le fessier, prête à craquer à l'entrejambe, les cuisses engoncées. Il arrive épuisé sur le promontoire, lequel est absolument vide hormis un oiseau blanc en sentinelle, où est passé le gosse bordel ?, il desserre sa cravate et déboutonne son col, essuie ses lunettes dans le bas de sa chemise puis, ayant repris ses esprits, fait quelques pas vers l'extrémité de la planche, et se fige à un mètre du vide : brusquement il lui est impossible d'avancer.

Ce n'est pas la peur qui le freine, mais l'éblouissement. L'espace est profus autour de lui, très échancré, saturé de milliards de particules microscopiques qui planent et vibrent, pollinisent, diffractant doucement la lumière. Opéra sent son corps qui se débride, visage élargi, front et narines mêmement dilatés, thorax bombé, tendu soudain, peinant à contenir l'élan qui le soulève, son cœur prend de la vitesse, il oscille, le voilà transfuge, pris dans un emballement, celui d'une vie bigger than life, innervé de la tête aux pieds par une émotion très matérielle, il se découvre puissant, frontal, aimant, et la mer tout autour de lui est surfacée de plis sereins, étoffe soyeuse que le tailleur amoureux présente à la sultane. Ça dure une poignée de secondes puis, comme percuté – la sensation d'un enivrement adolescent dans son corps qui n'est plus fait pour ça ? –, Sylvestre chancelle, haletant, le cœur vrillé et recule sur le Just Do It, prenant à rebours la paroi qu'il frotte tout du long de son derrière imposant. Arrivé, il est rasséréné, conclut à un léger vertige dû à la chaleur, et décide alors de monter sur le Face To Face. Puisqu'il y est presque maintenant, puisqu'il est là, et que peut-être la petite frappe est là-haut, aplatie comme une crêpe, confondue dans la roche.

De nouveau les ahanements, les bras qui halent le corps, les pieds qui battent l'air, les orteils qui se posent sur un relief quelconque, et bientôt il est dressé debout sur l'étroit replat, silhouette grossière et saugrenue, stabilisée pain de sucre à crête frisée qui ajoute un mètre quatre-vingt-seize aux douze de vide. Personne ne peut trouver asile ici, le gosse est introuvable, j'ai pourtant pas rêvé, Sylvestre peste en regardant décoller le grand oiseau blanc, n'a jamais compris comment les oiseaux peuvent voler, ne peut éviter l'à-pic au bout de ses semelles, s'y penche, cou tendu, putain c'est haut, sont fous ces gosses, veulent se tuer ou quoi? Il est assailli par un paquet de sensations contradictoires, repense à l'exaltation fugitive qui l'a traversé sur le plongeoir précédent, ce transport violent avec élancement du torse : se mettre en danger sans même y penser, ne voir dans toute prise de risque que la promesse d'une intensité nouvelle, vivre plus fort, rien d'autre. À nouveau, il regarde le vide : c'est sombre en bas, ça remue, un ourlet hostile à traverser avant d'atteindre la mer plus lisse et bleue que tout, un périmètre farci de raies noires, de tanches et de cœlacanthes à peau buboneuse, peuplé de gueules préhistoriques du temps de la Pangée. Abysses, ténèbres. Hop, plouf, et la mort au fond qui leur gobe les orteils, leur suce le rebondi des joues. C'est ça qu'ils cherchent, ces p'tits cons? C'est à ça qu'ils jouent? Il ne comprend plus rien. Il est trempé des pieds à la tête, la chemise collée sur les reins, se tient les mains sur les hanches, en cette seconde pense à sauter lui aussi. Mais dans son dos on appelle et il pivote avec précaution.

Sur la Plate, la bande se rhabille, les gosses discutaillant chaque consigne des policiers. Marchant vers eux, Sylvestre a l'impression de redescendre sur terre, sa tête lui tourne, ses yeux le brûlent, son corps est mou soudain, étrangement épuisé, marre de cette histoire de gosses, marre, marre. Or, maintenant qu'il a ces p'tits cons sous la main, il doit marquer le coup, il le sait. Ok, on embarque tout le monde, on parlera là-haut, c'est ce qu'il déclare planté devant la troupe. Les gamins ricanent en douce et singent sa démarche, insolents à ce point, ils sont comiques, vraiment.

Dix minutes plus tard, tous entrent dans l'immeuble de la Sécurité du littoral et déclinent leur identité les uns après les autres sur des procès-verbaux feuilletés de carbone bleu nuit qui crissent sous les doigts. Vue de près, la bande de la Plate est plus hétérogène qu'elle n'y paraît : c'est l'occupation d'un même territoire, d'une même bordure qui opère la soudure. Ceux-là vivent dans les cités du Nord, seuls ou presque, livrés à eux-mêmes : parents dépassés, harassés – Ptolémée, Nissim, Bruno ; rentrés vivre leur retraite en Algérie laissant les plus jeunes sous la responsabilité des plus grands – Rachid ; travailleurs de nuit, dormant le jour, n'ouvrant quasiment plus les volets – Mickaël, Carine, Loubna ; prolos qui n'avaient pour survivre que leur force de travail si bien que le travail manquant, les voilà qui végètent, muscles mous soudain, atrophiés, flageolant aux bras et aux cuisses tandis que les ventres ballonnent au-dessus de la ceinture, gonflés de mauvaise bière, et dépressifs, brutaux quand ils sortent de leur torpeur – Nadia ; enfin, famille désintégrée dans la violence, père en prison, mère multipliant les séjours en hôpital psychiatrique – Mario.

Ils sont encore scolarisés, collège ou lycée, vont aux cours, vaille que vaille. D'autres attendent d'avoir seize ans pour en finir avec la vie scolaire, dont Mickaël, Bruno, Loubna, qui entreront en apprentissage à la rentrée. Veulent de la thune, gagner leur vie le plus vite possible. Car la pauvreté leur colle à la peau, même si les garçons affichent les bonnes baskets, même si les filles ont le bon look, le bon gloss, le sac ad hoc, les fringues mode dénichées pour rien dans un décrochez-moi-ça – qualité zéro mais trois euros deux tee-shirts pailletés, c'est cadeau – même s'il est hors de question d'être les petits choses des quartiers Nord et qu'on danse comme des seigneurs.

C'est dans la cour du collège que tous se signalent et s'échangent les meilleurs endroits pour sauter, les meilleurs spots comme ils disent, c'est là, surtout, qu'ils se trouvent et s'assemblent ; rares sont ceux qui déboulent en solo sur la corniche et se font une place dans les bandes. À l'instar de la nouvelle, cette fille, Suzanne, qui vit à cent mètres de là, dans une villa de style, avec piscine et vue sur la mer, une existence sans rapport avec la vie que mènent les autres, y compris ceux qui, comme Eddy, sont les enfants uniques de familles stables, petites-bourgeoises – père artisan taxi, mère au foyer, interdit de bosser, le mari décide tout –, c'est ce qu'il aura déclaré sur les formulaires.

Ils sont énervés. Assis, debout, assis, debout, touchent à tout, jonglent avec les stylos, les gommes, les gobelets vides, avec tout ce qui leur passe sous la main, se poussent, se marrent, pas impressionnés pour deux ronds, et, perçant le brouhaha, on entend des voix adultes répéter inlassablement, exaspération contenue, assieds-toi, pose ça, je t'écoute, calme-toi, assieds-toi, donne-moi ça. Quand ils ont fini de remplir les papiers, Sylvestre apparaît qui leur notifie à chacun une amende de soixante-huit euros. D'un coup c'est le silence. Merde. Soixante-huit euros. Ah. C'est pas faute de vous avoir prévenus, commente Sylvestre : un saut, une amende. Et l'amende, c'est soixante-huit euros. C'est la règle, c'est simple. Surtout quand ça se passe sous mes fenêtres. Maintenant, vous allez attendre que vos parents viennent vous chercher. Toi, suis-moi ordonne-t-il à Eddy tandis que dans la salle ça peste à présent, haut et fort, m'en fous j'ai pas une thune, putain les vieux, pas ça, les miens y viendront pas, je le sais, j'm'en fous sont pas là, j'm'en fous j'filerai pas ma thune.

Cinq étages plus haut, Sylvestre désigne à Eddy un fauteuil de l'autre côté de son bureau, assieds-toi. Eddy obtempère sans le regarder, outrant la désinvolture. C'est toi le chef, c'est ça ? commence Sylvestre qui sort un bloc de papier. Hein ? Quoi ? Eddy fait pivoter son fauteuil, droite gauche, droite gauche, lentement puis de plus en vite. Le fauteuil grince. Sylvestre a mal au crâne et la mâchoire bloquée, les épaules douloureuses, a été stupide de se taper les trois plongeoirs du

Cap, une gymnastique qui n'est plus pour lui, il se raidit, tape du poing sur la table. Arrête, arrête ça tout de suite. Eddy stoppe, fauteuil de profil. Répond on n'a pas de chef, nous, on n'est pas très chef, en fait. Le silence s'installe.

Un mètre les sépare. Eddy regarde au plafond, Opéra le dévore des yeux, ne peut s'empêcher de le dévorer des yeux. Fasciné par la vitalité du garçon, exaspéré par son arrogance, il se sent vieux, à cette heure, épuisé, et se dit qu'il donnerait beaucoup pour faire partie, ne serait-ce qu'une journée, de la bande de la Plate, gesticuler sur les pierres, draguer les filles, s'approprier le ciel. C'est une tentation intense. Bien. Tu m'écoutes maintenant : fini de faire joujou, finie la provoc ; là je me contente de l'amende forfaitaire et d'un avertissement aux parents, mais je te préviens, je ne veux plus me faire emmerder, la prochaine fois, on passe à la vitesse supérieure. C'est quoi la vitesse supérieure ? C'est verbalisation, deux mille euros et un jugement, au minimum un mois de travail d'intérêt général, je suis clair ? Ouais. Ok, je te charge de mettre tes petits copains au parfum. C'est tout ? Eddy marmonne le regard de biais. C'est tout, tu peux sortir. Eddy s'absente en traînant les pieds et Sylvestre Opéra referme d'un coup sec un classeur titré au marqueur : Corniche Kennedy. Oh, comme ils sont loin les gosses de la Plate.

Tapote sa poche-poitrine, encore une Lucky, se lève et s'approche de la baie vitrée, introduit le pouce et l'index entre deux lamelles du store, les écarte de nouveau pour contempler la Plate déserte, se dit que ce petit coup de filet va lui valoir un peu de répit, les gamins vont maintenant se tenir à carreau et lui va pouvoir passer à autre chose, parmi quoi une livraison imminente de stupéfiants, cannabis-héroïne-cocaïne, un de ses indics l'a prévenu, ce sera cette semaine, le voilier, baptisé *Will du Moulin*, fait route depuis les Canaries sous pavillon maltais, un message radio signalera son entrée sur rade. Parmi quoi la recrudescence de la prostitution sur la quatre voies, vers les plages du Prado, et le corps d'un vieil homme nu échoué dans le ressac, mains et pieds coupés. L'obscurité ennoie maintenant le dehors, un encrier se renverse, lentement se répand, sépia de plus en plus dense, de plus en plus saturé, et Sylvestre ouvre les vannes de cette fantaisie vitale qui le tient fort et debout depuis si longtemps, depuis sept ans qu'il est l'homme de la corniche. C'est la seconde où les fictions le colonisent. Des hypothèses qu'il ne peut partager, des échafaudages de situations scénarisées en boucle la nuit venue quand il est gris d'alcool et qu'il lui prend le désir maladif de descendre arpenter la corniche aux alentours du marégraphe, d'en forer chaque mètre, d'en désosser chaque caboulot, d'en sonder chaque anfractuosité puante, chaque cavité à taille humaine. Plus tard, fondu dans ses turpitudes, et souriant peut-être, il sursaute quand le téléphone sonne. Chef, il reste trois gosses, en bas, qu'est-ce qu'on en fait? Il répond je descends, raccroche, y va.

Mario, Eddy et Suzanne sont assis en rang d'oignons sur le banc. Encore vous trois, s'étonne faussement Sylvestre. Les autres sont repartis chez eux, un parent majeur se sera déplacé. Mais eux, non. Personne. La grande salle est vide, hormis un policier de garde qui se change au fond, ôte son uniforme devant son casier, et silencieuse, éclairée au néon tandis que des écrans d'ordinateurs restés allumés affichent çà et là des compositions fluorescentes et hypnotiques, perspectives géométriques mouvantes à rendre maboul. Les gosses ont faim, ils n'ont plus de tête. On va rappeler vos parents. Mario hausse les épaules, ma mère, elle dort, c'est sûr, elle entend pas le téléphone. Ah. Mon père... Ton père, je sais, coupe Opéra. Et toi? il s'adresse au Bégé. Son père va arriver, il devait finir son service avant, crie la voix de l'homme à l'autre bout de la salle. Ah, et toi? Suzanne ne répond rien, a remonté un pied sur sa chaise et se tient le menton sur son genou plié, yeux ouverts. La petite aussi, on va venir, répète la voix du fond. Ah, eh bien, on va attendre tous les quatre! Cerveau brouillé encore, Sylvestre examine les trois visages alignés murés dans le silence, et n'entend pas venir l'homme en costume-cravate qui, dix minutes plus tard, pénètre dans la salle jetant d'une main creusée dans l'autre un trousseau de clés Mercedes, et annonce c'est moi le père en pointant de l'index Eddy qui se lève mollement.

Le type est gris de peau, de petits yeux jaunes, un mètre soixante-dix, trapu, un cou de catcheur et la mâchoire de travers, il dégage une forte odeur de pastis, de café et de sueur, qu'est-ce que tu fous là ? Eddy soupire et relève sa mèche : rien. L'homme s'approche de lui, rien, t'es sûr ? on va régler ça. Il secoue ses clés de plus en plus fort, un cliquetis strident, signez ici, lui demande Opéra qui lui tend le procès-verbal, vous avez quinze jours pour régler cette somme. Le type attrape la feuille au vol, se retourne, l'agite à la face de son fils, va falloir qu'on cause, le pousse vers la sortie, et, passant devant Sylvestre, déclare, faudrait les corriger, commissaire, et à la trique s'il le faut, vous avez ma bénédiction pour ça, faut des sanctions et de la discipline, croyez-moi, il a saisi son garçon par le bras et le pousse, lui jetant à chaque enjambée un coup de pied au cul, lequel rate sa cible mais humilie le garçon qui se tortille en tous sens, pantin désarticulé maintenu d'une pogne lourde, surtout que Suzanne et Mario ne perdent rien de la scène, ni les mains d'Eddy tendues sur les fesses pour se protéger, ni son œil brillant de larmes quand il valdingue de profil, et, une fois dehors, on entend le type brailler petit salaud, petite merde, je te paie une bécane à deux mille, et tu me fais ça ? et, faible mais butée, la voix d'Eddy qui rétorque, t'arrête, j'te préviens tu m'touches pas, le scooter, je rentre avec, j'vais pas avec toi, tu sens la picole et j'tiens à ma vie.

Dans la salle, les deux qui restent ne se ressemblent plus : disparus les gosses de la Plate, triomphants, dorés, mobiles, ceux-là sont figés, contrits, la peau terne, les lèvres sombres. Mario amorce un sourire en direction de la fille qui garde rivés au sol de grands yeux tristes, lui murmure hé, c'est rien, c'est pas grave, t'inquiète, risque un geste qui replace une mèche derrière son oreille sans recueillir autre chose qu'un silence inerte. Plus tard, des pas claquent sur le carrelage, une femme approche, Sylvestre la reconnaît, c'est la mère de la petite. Strass aux oreilles et bras lustrés, robe moirée bronze, elle resplendit dans l'embrasure de la porte. Sans même jeter un œil sur le banc, elle s'adresse à Sylvestre, bonsoir, je viens chercher ma fille – belle voix, aimable, aucun accent. Il lui tend les papiers qu'elle signe, désinvolte, sortant de son sac siglé un stylo plume assorti, quitte la pièce sans dire un mot, une fois dehors, monte dans un coupé BMW chamois dont le moteur vrombit aussitôt, tandis que sa fille aura fini par se lever pour la suivre et, juste au moment de passer la porte, se sera retournée vers Mario pour lui faire un signe de la main, illuminant de la sorte les yeux du garçon qui lui répondra du même geste, et articulera, en silence, à la manière des poissons : à demain princesse.

Plus tard : hé, je peux avoir une cigarette? C'est Mario qui a parlé. Sylvestre quitte des yeux l'écran d'ordinateur sur lequel s'alignent des visages de femmes, trombinoscope sinistre de filles de l'Est serviables, enjouées, disponibles, parmi lesquelles aucune Tania de trente piges mais une Svetlana qui y ressemble, il est troublé. Tu fumes, toi ? Sylvestre demande, rieur, et Mario, sérieux, bah ouais, surtout quand je suis nerveux. Sylvestre jette un œil sur l'horloge, vingt-deux heures, viens, lève-toi je te raccompagne.

Ils ont longé la corniche jusqu'aux plages du Prado avant de bifurquer vers le nord, Mario est assis à l'avant sur le fauteuil passager, la ceinture de sécurité lui cisaille la gorge, il fume une Lucky sans tousser, a tourné tous les boutons du tableau de bord, je peux mettre la radio ? La ville est pleine et chaude encore, à cette heure, le trafic est dense derrière le port, les trottoirs essorent une population épuisée qui ne veut pourtant pas se coucher : touristes étrangers, estivants en goguette – faut profiter –, pickpockets, familles qui traînent aux terrasses des pizzerias, grand-mères en jeans cloutés et nourrissons endormis dans les poussettes, première vague de noctambules, adolescents en grand appareil. Mais bientôt ce ne sont plus que de grandes avenues frangées d'arbres fluorescents qui ne ventilent plus rien, parcourues de bagnoles nerveuses, pleines à ras bord, vitres baissées musique à fond, on approche des cités, les lumières sont blanches, les gens pendus aux fenêtres fument dans l'air nocturne et l'écho des télévisions, des jeunes sont regroupés au bas des immeubles ou traversent les immenses dalles de béton bleutées, leurs voix résonnent sur l'esplanade lunaire, on leur crie de se taire, ils brandissent un doigt, il flotte dans l'atmosphère une odeur de joint, de plastique tiède, de vieilles épluchures et de papier journal. Mario se rapetisse dans le fauteuil, les oreilles bientôt descendues au niveau des épaules, il regarde celui qui l'accompagne, ce gros bonhomme frisé, le visage large, le nez camus, le double menton aussi volumineux que la fraise du duc de Nemours, la chemisette claire tendue sur la bedaine, il voudrait que le trajet dure, ne pas rentrer chez lui, ne jamais rentrer ; tellement heureux d'être à l'avant de cette voiture, d'être comme un homme à côté d'un autre homme, connivents, la cigarette au bec – la Lucky Strike entre l'index et le majeur, au niveau des premières phalanges, de sorte que pour fumer il pose sa paume contre sa bouche, comme un héros, comme un Américain –, tellement content qu'ils habitent ensemble la nuit, la ville. Il a ouvert la fenêtre pour sentir le frais sur son front, le frais et le fétide, les peaux qui perlent puis poissent sous les maillots de foot, l'été sans perspective, chaque tour coincée entre deux autres et l'enceinte de murs antibruits comme une ligne de démarcation, comme un écran entre ce monde et l'autre, les tags qui se décolorent sous les Abribus, les chiens énervés. Il rompt le silence, j'ai faim, putain j'ai la dalle et chez moi y a personne. Le regard longeant les grillages d'un stade éteint, Sylvestre répond, neutre, je ne comprends pas, elle est où, ta mère, tu m'as dit qu'elle dormait, c'est vrai ou pas ? Il jette un regard de biais sur le profil de l'enfant, tendu comme un masque.

Je sais pas, c'est pas sûr qu'elle soit là, de toute façon elle dort quand elle est là, c'est moi qui fais tout. Ah. Ils passent sous l'autoroute par un court tunnel, Mario écarquille les yeux, nez collé à la vitre, sait qu'il y a des putes ici, il aime bien les voir ; plus tard Sylvestre reprend, la voix posée : tu vois une assistante sociale ? Mario tressaille, ouais, elle veut me placer cette grosse conne, force un rire mâle qui ne trompe personne. Pas la peine de parler comme ça coupe Sylvestre, qui lui aussi se trouve bien avec ce môme et lance bon, on se fait un McDrive et je te ramène après ? Sourire pouilleux et pourtant splendide de Mario qui enclenche illico un copilotage de compétition puisqu'il connaît les quartiers comme sa poche, sait les sens uniques, les raccourcis, les culs-de-sac.

Foule, véhicules à touche-touche sur le parking, files d'attente dans l'établissement, lumières aveuglantes et partout des vacanciers en transhumance nocturne qui se seront écartés de l'autoroute pour avaler un morceau, agacement des couples, criailleries des enfants. Mario frétille sur son fauteuil, passe commande auprès d'une fille incroyablement fraîche, Sylvestre enchaîne, et bientôt ils sont de retour aux alentours du stade, garés sous un réverbère, se partagent le contenu des sacs.

T'as une femme ? Mario a déchiré la boîte du hamburger et maintenant presse les tubes de sauce, un à un, les mélange tous, sauce barbecue-mayonnaise-ketchup-moutarde, grasse, piquante : l'alliage splendide. Non, Sylvestre répond, concentré, décolletant son sandwich du fin papier translucide qui l'emmaillote. T'es pédé ? Mario demande, la bouche pleine. Sylvestre ne bronche pas, jette un œil machinal à l'intérieur de son casse-croûte, et répond non plus, j'ai des copines, ça m'arrive. Cool, Mario, abouché à la paille qui troue le couvercle de son Coca grande taille, aspire et souffle des bulles sonores, cool, tu m'as fait peur. Et toi ? demande Sylvestre, une fois sa bouchée avalée. Moi quoi ? Mario esquive, tête baissée dans la poche en papier. T'as une copine ? Sylvestre précise. Ils mâchent, sucent, déglutissent, avalent puis soudain Mario reprend, comment j'pourrais avoir une copine ? j'ai pas de fric et les filles, ça demande qu'on les sorte, faut claquer, faut qu'on leur paie des trucs, faire des projets, sinon elles veulent rien, elles veulent pas de toi, c'est normal, c'est comme ça. Il ajoute après s'être essuyé la bouche du dos de la main, et puis, je vois pas pourquoi j'devrais avoir une copine, j'aime pas les couples. Ah. Sylvestre se penche pour introduire la clé de contact, t'es un cow-boy toi, allume le moteur et redémarre, ok, t'es pas tellement pour l'amour à ce que je vois. Ils roulent doucement jusqu'à la cité, contenus dans une odeur de frites froides et de Malabar, Mario a remonté la vitre, il suçote sa paille, marmonne l'amour ? hé c'est quoi ça ? je suis pas romantique, boss, j'aime bien les filles, ça oui, j'adore être avec elles, c'est tout. La voiture ralentit, bientôt s'immobilise devant le parvis de l'immeuble, le gosse attrape son sac, au moment de sortir se tourne vers Sylvestre et déclare, pour moi, le truc qui marche, c'est une fille avec de la thune, une fille qui te demande rien parce qu'elle a tout et veut juste s'éclater, veut de la liberté – ses yeux liquides reflètent la lumière très blanche des langues de néon qui luisent en haut des lampadaires, quand sa bouche entrouverte fait voir des incisives pointues et humides, dents de lait qui connotent l'enfance –, il fait l'homme, sourire avantageux de celui qui connaît la musique et poing fermé qui frappe le torse, et affirme, déclamatoire, pompeux soudain, moi, j'ai peut-être pas une thune, mais de la liberté, oui, j'en ai. Sylvestre tapote le volant, ok, ok, vas-y, descends maintenant.

Mario sort de la voiture, suivi de Sylvestre synchrone, qui conclut par-dessus le capot, Mario, la liberté, ok, mais une chose, je ne veux plus te voir sur la Plate à faire le con, ni toi ni les autres, je te préviens : je ne vous ferai pas de cadeaux. Mario hoche la tête, yes, boss, pas de problème, claque la porte, fait demi-tour, lève un bras en guise de salut, et file sur la dalle de béton lustrée en diagonale par la lune gibbeuse, petit gars solitaire et léger, enfin disparaît dans un hall obscur qui restera noir – pas de lumière dans la cage d'escalier, ampoules pétées, mais la danse rouge sang des bouts de cigarette incandescents, loupiotes microscopiques qui suffisent à éclairer les pas de ceux qui rentrent.

Trois jours plus tard, plouf plouf, ça recommençait de plus belle. De plus belle, de plus belle et encore de plus belle.

Alors, on lança la chasse aux enfants de la corniche. On vit se multiplier les patrouilles de police, les escouades de VTT, la ronde des vedettes rapides, on entendit s'amplifier le hurlement des sirènes et le crissement des pneus qui freinaient en travers des virages, puis dérapaient Starsky et Hutch, on écouta s'accroître l'écho du claquement des portières. Le long de la quatre voies, des agents de la Sécurité du littoral, sapés en civil et dûment chapitrés – aucune violence, je ne veux aucune violence, n'allons pas en faire des martyrs ! invectivait le Jockey qui rebondissait sur l'assise de son siège de bureau comme sur un tatami –, faisaient le pied de grue devant les accès aux promontoires afin d'intercepter les bandes quand d'autres équipes opéraient des allées et venues dans des voitures banalisées pour repérer les groupes et mouvements suspects sur le front de mer.

Des hommes et des femmes en uniformes sombres surgirent parmi les rochers, on riait à les voir galoper, au pic de la chaleur, chaussés de rangers à semelle de caoutchouc que la température ramollissait comme de la colle, la joue liquéfiée gaspacho, on les aperçut qui se plaquaient au sol pour attendre, la bave aux lèvres, puis l'un d'entre eux sifflait le signal convenu, et tous se dressaient à découvert pour rabattre les gosses dans des souricières ; on promit aux agents des médailles municipales, on évoqua des primes ; le dix août, un hélicoptère parut au ras de l'eau, inspecta la corniche, ses pales noires hurlant dans une ventilation d'enfer, les gosses se bouchèrent les oreilles et parmi eux ceux de la Plate, regroupés sur les serviettes, qui soudain ne riaient plus. Afin de convaincre les minots, il y eut des discours au mégaphone, des placards dans la presse, Zidane et Diam's acceptèrent de tourner un film de prévention, diffusé en boucle sur des écrans installés à la hâte sur les quais du port. Les figures ordinaires de l'autorité, professeurs, psychologues, médecins du sport, spécialistes de l'hydrocution et de l'adolescence, furent associées à l'opération. Les parents aussi participèrent, nombreux furent ceux qui prêtèrent main-forte aux brigades de la Sécurité : on ferait entendre raison aux trompe-la-mort, aux vertigeux, aux inconscients, on s'en donnerait les moyens, on éradiquerait de la corniche le risque et la bêtise, les regroupements douteux, le bruit et les bravades, on protégerait d'elle-même cette jeunesse perdue et barbare – ça, c'était la grande phrase, et barbare la belle analogie, une trouvaille dont usait sans vergogne les commentateurs de tout poil – on civiliserait la marge de la ville, on en ferait reluire la bordure, et l'été municipal s'achèverait en beauté. Un plan magnifique, un plan d'envergure qui réjouissait ceux qui l'élaboraient, jour après jour, satisfaits d'eux-mêmes et de leur créativité. Sylvestre Opéra, lui, demeurait de marbre, fumait Lucky sur Lucky, et arpentait sa zone, le *Will du Moulin* ne se montrait pas mais, la veille, un nourrisson avait été abandonné dans une poubelle derrière le caboulot, gigotant dans sa couche, les yeux obstrués de largagnes, une jambe tordue.

Pris de court par la démesure de l'offensive, les voltigeurs de la corniche se faisaient aisément ramasser, mais il ne leur fallut que quelques jours pour se prendre au jeu, frondeurs, et alors ce fut le grand cache-cache. Une partie géante, une partie à échelle de la corniche, autrement dit à échelle un, à taille réelle. On s'en paie une tranche et on se paie leur gueule, voilà qui leur tenait lieu de programme et de mot d'ordre, diffusé tout le jour, en ricochet, d'une plate-forme à l'autre, d'un promontoire au suivant, et cela tout au long du littoral. Déli-délo. Épervier. Parents contre enfants. Cow-boys contre Indiens. Gendarmes contre plongeurs.

La nouvelle d'une grande partie se répandit à toute vitesse dans la cité, aussitôt relayée par les quotidiens locaux, les sites Web et blogs de toutes sortes, lesquels s'amusaient de la mutinerie des gosses, les excitaient, n'hésitaient pas à leur suggérer des plongeoirs sauvages laissés sans surveillance, de nouvelles figures à essayer sur le mode du t'es cap / t'es pas cap, des combinaisons de plus en plus dangereuses ; d'autres misaient sur la déploration, faisaient assaut de colère et de consternation : cela ne signifie rien, ces sauts, ces gesticulations, cela ne veut rien dire, il n'y a aucun message, aucune revendication là-dedans, c'est totalement gratuit quand, attention, ne vous leurrez pas, tout cela a un prix, tout cela vous coûte cher – ils appuyaient sur le « vous » d'une police plus grasse, deux corps au moins au-dessus de celle de l'article –, alors s'il vous plaît, pas de pitié pour les trompe-la-mort, allez ouste, rouvrez les maisons de correction, coupez les allocs.

Une journaliste, qui se passionnait pour l'affaire, élabora un comptage de points qu'elle proposa sur la Toile au matin du quinze août : un plouf égale un point pour les plongeurs, une heure sans plouf égale un point pour la Sécurité du littoral. Or, à peine cette règle fut-elle mise en ligne qu'une fièvre corrosive s'empara du rivage. Les agents de la Sécurité, pas plus que les plongeurs, n'entendaient se faire humilier au vu et au su de toute une ville qui vivait l'oreille tendue vers la mer et bruissait des paris consignés au grand jour dans les bars, les escaliers, sur les marchés et les parvis.

Opéra, mué à contrecœur défenseur de l'ordre, et lui aussi piqué au vif – ce petit con de Mario, il avait eu tort de lui faire confiance, une faute de débutant, peu fiable il était, et menteur, un arracheur de dents –, lançait maintenant ses consignes dans des portables bouillants : occupez le terrain, couvrez la côte, anticipez le mouvement, soyez plus malins qu'eux ! Mais aussi, dès que l'occasion s'en présentait, il allait seul rôder dans les îles du Frioul, inspecter les alvéoles et les cavités rocheuses qui dessinaient des ports naturels, des abris, des entrepôts sauvages, repérait les grèves microscopiques propices à l'accostage, les mouillages forains avec escaliers sommaires creusés dans la roche. Il arpentait les pontons dans le port de plaisance, regardait les pavillons flottants aux mâts et haubans des navires, notait des noms de bateaux, passait voir à la capitainerie. De retour, il croquait trois sucres avant l'appel quotidien du Jockey – longue paraphrase hystérique des journaux du matin que Sylvestre écoutait, stoïque – et le soir venu, quand pointait l'heure de la terrasse, il plongeait le nez dans sa vodka Żubrówka et regardait vivre la corniche.

Les jours suivants, la chasse s'intensifiant, on assista à des scènes de western spaghetti, nul lasso pourtant, et nulle capture, mais des sifflements à quatre doigts dans la bouche, des signaux lumineux au miroir, des criaillements de flamants roses et des feulements de pumas émis entre deux paumes tendues, et toujours le soleil aveuglant, la poussière et la poudre, les brumes de chaleur au ras du sol, les mirages déformants, les brûlures, la soif.

Car les bandes étaient à la manœuvre et elles scandaient le jeu. Agissaient selon les règles de la guérilla urbaine : cibler avec précision – moment ou lieu –, agir par surprise, opérer à toute vitesse. Ludique, tactique, agile, véloce, la bande de la Plate, elle, surclassa bientôt les deux ou trois autres encore en activité. Jour après jour, elle s'organisait. Jour après jour, elle devenait gang.

Peaufinait une technique de « casse » inventée pour narguer ceux de la Sécurité : attendre que le silence se fasse sur la corniche et qu'il s'écoule cinquante-cinq minutes sans un plouf, puis alerter la journaliste et les scrutateurs du Net ; à la première seconde de la cinquante-sixième minute foncer sur le Cap et se répartir sur les trois plongeoirs, au second signal, sauter selon un ordre établi, un plongeur après l'autre, une seconde comptée entre chaque plouf, accompagner cette déflagration collective de hurlements et d'insultes, déjà les premiers véhicules de la Sécurité se garent au poteau repère, les condés en jaillissent illico, diables fusant d'une boîte magique, s'approchent du parapet ou dévalent sur la Plate, mais rien, ils n'entendent ni ne voient plus rien, pas un bruit, pas une silhouette, pas même la trace d'un remous écumeux à la surface des eaux : les plongeurs ont disparu. Furax, ils appellent les Zodiac qui patrouillent au large, s'énervent dans leurs talkies-walkies maousses, ouvrez l'œil, bordel de merde, ils sont partis vers le large, interceptez-les.

À deux cents mètres, ceux de la Plate se gondolent sur leur serviette, la plage est noire de monde à cette heure, ils y sont à l'abri, y ont rejoint le reste de la bande, les couples enlacés et les filles qui n'ont pas sauté, et à présent racontent, comment ils ont trouvé le passage sous-marin au revers du Cap, parcouru le conduit en apnée sur dix mètres, un truc de héros, de mad man de la mort, et comment ils y ont frôlé des rascasses et des bonites, putain, une raie, j'ai bien reconnu, l'œil mi-clos, la gueule gluante, putain ouais ça fait trop peur, ça vit dans le noir absolu et ça supporte des pressions pas possibles, c'est invincible, c'est ça t'as raison, une raie, faudrait pas me prendre pour un con, pourquoi pas un octopus ou un requin-marteau, oh ça voit son petit poiscaille et ça veut sa maman, tu chies dans la colle ; comment ils ont nagé ensuite jusqu'au radeau devant la plage, t'as vu je leur ai fait mon crawl spécial à la Laure Manaudou qui déchire sa race, comment ils ont fait halte, couchés sur le ventre, l'œil à la jointure de deux planches fouillant l'eau verte et comptant les coquillages, et comment ils y ont chahuté avec d'autres comme eux, dérapé sur les lattes de bois rongées par le sel, tous les enculés à la flotte ! ; comment ils ont débarqué enfin sur la plage, comme des princes, lustrés, victorieux et sont allés s'étendre auprès de ceux qui les attendaient pour leur rejouer à l'infini ce cri collectif, ce plouf mitraillette, ce putain de concert de sauts qui venait juste de crucifier les keufs rouge tomate, alors ils plongent dans la langue, le grand récit, s'y immergent franco, raconteurs, bateleurs, débagoulant à toute allure, leur corps entier et les muscles de leur visage escortant leurs mots de mimiques ad hoc, les cordes vocales mobilisées pour se faire entendre, pour être écoutés, oui, ils plongent dans la langue, tous en chœur, les uns par-dessus les autres, crânes, ardents, délurés, ils n'ont peur de rien semble-t-il, n'ont plus peur du soleil, absolument insolents donc, insolents comme les valets du bourreau, et c'est cela qu'il faut châtier.

Le vingt et un août, le temps change. La corniche se tait. Les orages approchent. Un mistral hostile souffle dans un ciel décoloré, les nuages d'argent se jointent au safran, les vignes se tordent au flanc de la montagne, la mer vire limaille de fer, hérissée au large de pointes crochues, la rade se vide, les parasols s'envolent, on interdit aux enfants les bateaux et matelas pneumatiques. Le vent érode le rivage et hurle jusqu'au soir. Sinon rien, pas un plouf, pas un cri. Vers dix-neuf heures, le Jockey s'apprête à sabler le champagne dans les salons de l'hôtel de ville : sa stratégie – quadriller toute la quatre voies en dépêchant un homme sous chaque palmier – a payé : c'en est fini des gosses et c'en est fini de la Plate. Une journée entière et pas un saut. Disparus, la clairière tremplin, le pas de tir des fusées expansives, détruit le champ des sauts aux marges de la ville. Éradiquées du littoral, les bandes de nervis qui jouaient en collectif et les têtes brûlées qui opéraient seules pour la gloire. Terminé. Game

Over. Tous les gosses ont fini par rentrer bien sagement à la niche déclare le Jockey. À la niche, à la niche ! Il s'esclaffe, triomphant, entouré de jeunes garçons gominés et de demoiselles flattées de la proximité d'un tel chef. Alignés sur un mur de la grande salle des fêtes, des téléviseurs relaient les caméras vidéo de surveillance placées sur la corniche et, parmi elles, celles qui filment le Cap sur trois côtés, ne livrant qu'un brouillard sombre, une nuée de cendre, pas un mouvement ne s'y décèle hormis les joggeurs du soir, un chien errant, et l'oiseau blanc. Les p'tits cons sont maintenant prévenus, poursuivait le Jockey, souriant, dressé sur ses talonnettes : qu'un seul d'entre eux ose revenir, qu'un seul y revienne, et je le réduis en bouillie – et dans le silence il brisait sa coupe de champagne dans son poing fermé, ensanglantait sa main et suçait les éclisses, hilare.

Opéra, convié à ce pince-fesses, ne fait pas le déplacement, mais descend adresser un message de victoire à ses équipes. Hé, c'est pas fini, lui crie un type aux phalanges tatouées de têtes de mort et autres signes kabbalistiques, faut pas vendre la peau de l'ours ! Sylvestre lui demande quels sont les gosses qui n'ont pas été pris et l'autre le regarde effaré, bah, chef, vous savez bien, ceux de la Plate, ça saute toujours, en bas, sont cinq plus une fille. Je sais, je sais, Sylvestre marmonne et remonte dans son bureau. Fait halte devant la station radio, de nouveau se poste devant l'appareil, casque sur les oreilles, visage tendu, puis d'une main sûre visite chaque fréquence, doucement, très doucement, l'œil rallumé, l'oreille aux aguets, slalome entre les larsens et les mots doux que s'échangent ceux que la mer sépare – il passerait des heures à écouter ces souffles et ces voix décantés à la surface de l'eau – et soudain, alors qu'il regarde sa montre et s'apprête à se retirer du local, un appel le percute : *Will du Moulin*, *Will du Moulin* sur rade. Croit reconnaître la voix de Tania, c'est elle, un flot de sang chaud lui monte à la bouche, il plaque l'oreille contre la radio. Non, ce n'est pas elle. Ne sait plus. *Will du Moulin*, *Will du Moulin* à Antonio. Il n'entend plus rien maintenant, le message est passé, mais reste collé à la radio, s'assourdit d'un brouillage strident de ferraille, de vents furieux et de sifflets, enfin se redresse, étourdi, gagne son bureau en titubant, appelle la capitainerie qui affirme que non, aucun *Will du Moulin* ne s'est annoncé entrant sur rade – hé, ce serait pas un nom de cheval, plutôt?

À un jet de pierre, c'est une autre veillée d'armes. Ceux de la Plate n'attendent plus que Suzanne pour briser la victoire du Jockey. Eddy est là, assis en tailleur dans l'ombre du Cap, Mario à ses côtés, Rachid, Mickaël, Ptolémée et Bruno bouclent le cercle; ils sont habillés de vêtements sombres pour que la nuit les incorpore. Les visages sont graves, ils fument sans parler, le blanc de leurs yeux miroite : sauter de nuit, ils ne l'ont jamais fait.

Qu'est-ce qu'elle fout, la Suze ? Rachid demande, putain, c'est elle qu'habite le plus près et c'est elle qu'on attend, ça m'énerve ça ! Bruno écrase son mégot, crispé et enchaîne, Bégé, je t'ai toujours dit qu'il fallait faire sans les meufs ! Eddy dénoue lentement les lacets de ses baskets et répond sans lever la tête, on l'attend encore deux minutes, elle va arriver. À nouveau les rafales de vent sur la mer et le clapotis des vagues contre le Cap, et alors Suzanne est là, debout, à l'orée du cercle. Vêtue d'un jean et d'un tee-shirt noir selon les consignes, parfumée, une odeur d'agrumes – pamplemousse, citron vert. Qu'est-ce que t'as foutu, Eddy se dresse face à elle qui répond la voix claire rien, je n'ai pas pu sortir avant, il y a du monde chez moi et… T'es en retard, c'est tout ce que je constate, Eddy lui parle durement, c'est la concession qu'il fait aux autres qui écoutent et n'ont jamais accepté la fille, se sont toujours méfiés d'elle – au début du mois d'août, déjà les garçons de la bande l'avaient mis en garde : Bégé, elle est pas claire, cette meuf, putain ça se voit, merde, elle est pas comme nous, et alors Eddy avait répondu elle saute comme nous, c'est tout ce qui compte ; sec, cassant, il les avait réduits au silence mais plus tard, mordant et téméraire, Mickaël avait repris, hé, Bégé, tu la kiffes ou quoi, cette meuf ? Elle est bonne ? Tu kiffes les bourges ? T'as qu'à la niquer ! Il riait encore quand Eddy lui avait sauté dessus, l'avait étalé à même la roche, une main sur la gorge, l'autre armant le poing – il n'agissait pas pour défendre Suzanne, n'entendait même pas que les autres en parlaient comme d'une nourriture, comme ils font tous, elle est bonne, n'entendait rien mais agissait pour restaurer son autorité, c'est tout ce qui l'intéressait ce jour-là – et les gars s'étaient écartés, tous sauf Ptolémée qui lui avait retenu le bras, arrête, c'est nul, c'est pas une fille qui va nous faire chier, et Eddy avait regardé Pto sans relâcher son étreinte sur la gorge chaude qui palpitait de plus en plus vite comme celle d'un oiseau épuisé, Pto le crasseux, Pto le silencieux, Pto qui sniffait du Prioderm ou de la colle dans des petits sacs à serviette hygiénique bleu électrique puis s'en allait faire son double saut périlleux arrière depuis le Just Do It, il avait regardé Pto puis il avait murmuré ok, avait écarté les doigts, ramassé ses affaires et quitté la Plate à grandes enjambées émotives, sans attendre Mario qui grimpait sur ses talons, et avait démarré son Granturismo au moment où le petit pointait le nez au-dessus du parapet.

La nuit vient de tomber, la Plate est plongée dans l'obscurité, on distingue à peine ceux de la bande, attroupés au pied du Cap. Les gosses claquent des dents, il fait froid si près de la mer venteuse, les rochers humides leur glacent les fesses. À vingt et une heures, Eddy regarde sa montre de plongée, annonce c'est l'heure, ils se déshabillent, et une fois en maillot sortent de leurs sacs des dossards et des bracelets phosphorescents, des bonnets ornés de bandes fluo, les enfilent sans se parler, calent soigneusement les scratchs, se noircissent le visage après avoir brûlé des bouchons de liège, attrapent des fumigènes qu'ils s'attachent autour des poignets, planquent sacs et vêtements dans des cavités secrètes, et enfin, à la manière des parachutistes s'élançant de la carlingue les uns derrière les autres selon le même intervalle de temps chronométré, ils escaladent l'éminence du Cap, connaissent par cœur le relief de la roche, l'orientation des parois et leur prise au vent, les replats et les aspérités, ils y grimpent, rapides, souples, commando. Mickaël et Ptolémée sortent de la file au premier promontoire puis se préparent, Bruno et Rachid gagnent le Just Do It, Eddy, Mario et Suzanne se placent en file à l'entrée du Face To Face.

La peur les saisit quand ils penchent la tête en bas, cherchant les repères habituels, ne voient rien, l'eau est noire et lourde, festonnée de mousse claire au pourtour des rochers, bave lactescente, agitée, dégradée, renouvelée sans cesse car la mer est grosse, et forte, si bien qu'on s'y perd. Aussi les gosses vont-ils devoir tout se rappeler : les plongeons et les sauts, les élans, les angles, les impulsions et les détentes, tout se rappeler, au millimètre près, au newton et au kilojoule, au bar près, tout se rappeler pour pouvoir tout refaire, à l'aveugle. Ils vont devoir libérer la mémoire de tous les bonds contenus dans leur corps. Une poignée de secondes plus tard, on entend la voix d'Eddy hurler dans la nuit depuis le Face To Face que taillade un mistral rugueux : ok, mise à feu ! alors aussitôt chaque voltigeur enflamme ses torches avant de les maintenir dressées à la verticale, à bout de bras, genoux joints, christs en croix photophores.

Fumées rouges, fumées blanches, fumées rapides. Elles écument le ciel humide, aspergent les plongeurs d'une lumière crue, très blanche, qui troue l'atmosphère de lueurs blafardes, s'amplifient et auréolent le Cap d'un halo neige tramé au magenta, lequel mousse et se propage à toute vitesse si bien que les premières silhouettes apparaissent aux balcons des hôtels, aux terrasses que parfument l'eucalyptus et le gardénia, aux hublots des voiliers qui croisent dans la baie, si bien que les voitures intriguées ralentissent sur la corniche, les dîneurs penchent la tête au-devant du caboulot, les girafes dodelinent du cou derrière les grilles du zoo, les goélands halètent, gonflent et vident le torse, si bien que les chiens aboient et que Sylvestre Opéra tressaille derrière ses jumelles, putain qu'est-ce qui se passe en bas ?

Les corps des voltigeurs se découpent maintenant, bas-reliefs en avant de la pénombre, en avant de la pierre, yeux graves et joues creusées sous le noir charbon qui les masque, prêts à s'élancer sous le dôme pâle issu des torches ficelées à leurs poignets, ils attendent le dernier cri, ils l'attendent mobilisés, nerveux, explosifs – je sais cependant qu'Eddy pivote à cet instant vers Suzanne, et lui prodigue un regard lourd, trop pudique ou trop bête encore pour lui balancer direct ce regard amoureux qui pousse dans la nuit du monde, limpide et univoque ; et peut-être aussi qu'il pose ensuite deux doigts sur ses lèvres et qu'il les embrasse comme on embrasse la crosse d'un Colt avant de donner de la voix une dernière fois : let's gooooo ! Wouah, c'est la grande figure, la cascade pétillante des Muchachos de la Plate, la fontaine kalach' ! Les derniers trompe-la-mort de la corniche Kennedy s'envoient en l'air et tourbillonnent comme des feux follets.

C'est l'heure où le Jockey et les siens se lèchent les doigts après les petits-fours, pincent les lèvres sur la dernière gorgée de champagne, déglutissent avec application, tous pompettes et parlant fort, et soudain ébahis par ce qu'ils voient sur les écrans de contrôle qui diffusent les images du Cap, lesquels sont les seuls où quelque chose se passe, lesquels s'animent, des corps, des mouvements, des lumières, des traînées pâles, des fumerolles, les invités sont tellement ébahis qu'ils se croient ivres, et honteux de l'être ils finissent par se taire et continuent à grenouiller autour du Jockey qui se décompose, bouche ouverte langue pendante et yeux cloués sur les téléviseurs comme sous l'emprise d'une substance hallucinogène, et tombe à la renverse, les quatre fers en l'air sur le parquet du salon d'honneur, on crie, on s'agite, on éteint tous les écrans puis on s'attroupe autour de lui qui passe maintenant du blême au rouge, congestionné par la colère, fortement congestionné même, mais voilà, c'est une colère beaucoup trop grosse pour un abdomen aussi court et étroit que le sien, de sorte que le voilà muet, paralysé, la cage thoracique soulevée de hoquets convulsifs, le cerveau asphyxié, il est urgent de l'évacuer en ambulance vers l'hôpital le plus proche.

Sylvestre Opéra, lui aussi, a vu le grand numéro. A fait la même tête que le Jockey, lippe estomaquée et yeux exorbités, quand les lumières des fumigènes ont ébloui le ciel. Il s'inquiète, les gosses dépassent les bornes, oui cela finira mal. A frémi autrement quand les torches, opérant des saignées dans le ciel comme des fusées traçantes, ont révélé au loin la coque blanche d'un voilier de trente pieds battant pavillon maltais croisant doucement derrière le Cap moteur pulsant faiblement. Il a juré – putain de moine ! –, a battu le rappel des hommes disponibles en hurlant « ça urge » dans la cage d'escalier, si bien que cinq minutes plus tard une escouade de types encagoulés a dévalé la corniche vers le poteau repère, dégringolé sur la Plate pour s'agenouiller quelques minutes plus tard contre le flanc sombre du stégosaure de pierre.

À l'avant du peloton, aux aguets, Sylvestre Opéra parle le langage des signes. Intime le silence à ceux qui le suivent puis risque une tête à découvert : le voilier s'est encore éloigné, il a viré de bord, s'est cabré – un refus d'obstacle – et le voilà qui montre sa poupe à présent, tandis que le moteur intensifie son allure, on l'entend d'ici, les dernières fumées du ciel se sont effilochées, l'embarcation est sur le point de s'effacer dans l'obscurité mate et sourde, vaisseau fantôme bientôt fondu au noir. Sylvestre se concentre, maugrée contre sa vue de taupe, distingue une silhouette qui s'agite sur le pont, se penche au-dessus du bordé, puis plus rien. Alors, il se lève et accourt oscillant sur la Plate où personne n'attend, se tourne de tous côtés sans rien voir ni entendre, se demande s'il a rêvé.

Innocents, joyeux, et glosant déjà sur leur démonstration, les gosses rejoignent la plate-forme, saisissent les barreaux de l'échelle de piscine ou se hissent à la force des bras, aussitôt sont interpellés, tandis qu'ils ruissellent, transis, graves, les torches éteintes pendouillant le long des cuisses, les dossards phosphorescents éteints, bientôt cernés de types décontenancés qui ont fini par ôter leur cagoule et piétinent sans savoir quoi faire. La nuit complice de leur défi comme l'écrin du bijou est désormais un temps mort, un temps de défaite. Sylvestre Opéra, sonné par la précipitation des événements, évalue maintenant la capture. Merde. Manquent les trois qui sautaient depuis le Face To Face, putain, manquent Mario, Suzanne et Eddy. Il contacte les vedettes qui assurent la patrouille de nuit, leur demande d'intercepter tout ce qui nage et navigue, il tournoie sur la Plate, jure et peste, merde, merde, les gosses, la came, le voilier, merde.

Mario ouvre les yeux sous l'eau. Il ouvre toujours les yeux sous l'eau : le jour, les flots de lumière perçant la surface découpent sous la mer des rais verticaux, matière aléatoire dans laquelle manigancent une friture possible, des algues et du plancton, dans laquelle il aime passer un bras, une jambe, la main, jouer de leurs contours flous, et parfois même, après inspection rapide des fonds, il rebascule tête la première et, main tendue, descend récolter ce qui miroitait dans un reflet, un caillou, une coque nacrée, le pendentif qu'une baigneuse aura perdu dans le pli d'une trop forte houle. À cet instant, il ouvre les yeux sous l'eau, comme chaque fois, mais rien ne se passe. Répète plusieurs fois ce mouvement de paupières sans parvenir à sortir du noir. Une opacité telle qu'il est saisi par la trouille : il ne perçoit ni les fonds ni la surface, ne distingue pas son corps, ne s'oriente plus. Tout est fondu dans le même caviar indistinct. Pris de panique, il bat des pieds à toute vitesse pour remonter à l'air libre, là où, pense-t-il, il retrouvera les notions les plus élémentaires : la Plate, le ciel, la terre, la mer et son corps au beau milieu de tout. Il remonte comme une fusée, bien qu'une douleur singulière lui déchire soudain la jambe, une douleur lancinante comme une élongation musculaire et vive comme une brûlure, il pense qu'il a dû faire un plat sur la cuisse, s'en étonne, continue de battre les pieds pour gagner la surface. Une fois émergé, il a beau scruter les eaux en faisant la toupie, il ne voit personne, il est seul, tarde à trouver ses repères afin de suivre le plan d'évacuation précisé par Eddy : sortir du périmètre du Cap par l'est, nager deux cents mètres jusqu'au ponton puis, de là, gagner la plage et les cabanes autour du caboulot. Hier, il ne lui fallait que quelques minutes pour faire ce parcours, il fendait la mer en puissance, optimisant sa respiration et la courbure de ses bras à chaque mouvement, mais à présent ce chemin lui semble interminable. Il est lourd, il est lent, il a froid. Les torchères éteintes pèsent à ses poignées, sa jambe le fait souffrir, et il déteste plus que tout ce noir visqueux qui le prive de ses amis et de son territoire.

Un paquet plastifié flotte, Mario le reçoit dans le visage, l'écarte d'un revers du bras, continue à nager, mais ses mouvements ramènent continuellement le colis sur sa trajectoire. Il jette un œil sur la côte qui brille ce soir Riviera grand genre et oriente le paquet sous les lumières, pour voir. C'est un colis de la taille d'une boîte à chaussures, langé dans du gros Scotch, parfaitement hermétique, les coins sont arrondis, aucune inscription. Mario progresse vers le ponton en poussant le paquet devant lui, bientôt entend des voix et l'écho d'un léger clapot, lève la tête et aperçoit, côte à côte et couchés sur le ventre, à même les planches de bois, le profil des corps d'Eddy et Suzanne qui ondulent – talons, mollets, cuisses, fesses, dos, épaules, nuques, têtes –, découpes précises sur le halo du clair de lune. Mario retient sa respiration. Escorté du paquet, il gagne en silence les chaînes poisseuses qui amarrent le radeau, puis se glisse en dessous du ponton, saisit d'une main la poutre qui court au-dessus de sa tête – le fumigène renversé lui heurte l'épaule –, s'y stabilise, de l'eau jusqu'aux épaules, et tend l'oreille pour entendre ce que se disent ces deux-là qui l'ont laissé tomber alors qu'il avait mal et que la nuit hostile le paralysait. Il est là comme dans une grotte, figé dans l'eau froide, chaque souffle, chaque goutte d'eau qui dégouline ploc ploc risque de trahir sa présence. Il inspecte l'envers du radeau, juste au-dessus de lui, et remarque, petite forme plus claire découpée dans la pénombre, la dent de requin d'Eddy qui se balance à la jointure de deux planches – et s'il l'attrapait et la tirait vers lui jusqu'à étrangler le Bégé ?

Il entend la voix de Suzanne qui déclare j'ai froid et celle d'Eddy lui répondre : on attend le petit – le petit, c'est moi ? Mario se le demande –, ce ne sera pas long; il ajoute un ton plus bas, je ne vois qu'un moyen pour te réchauffer, ah, et c'est quoi? elle demande, entrée dans la danse, cœur battant, c'est que je te fasse une couverture – jamais Mario n'a entendu une telle douceur dans la voix d'Eddy, il voudrait arrêter la romance, se retient de crier, il est hors jeu, il a mal –, d'acc, mais avec quoi, une couverture? balbutie la fille qui grelotte.

Depuis quelques minutes, ça bouge doucement sur le plancher de bois gluant, ça râpe et ça souffle, si bien que, n'y tenant plus, Mario décide soudain que c'est le bon moment pour les surprendre, pour les faire chier; il repasse sous le radeau, ressort au pied de l'échelle, et, toujours précédé de son paquet, monte un barreau, puis deux, et maintenant découvre ce qu'il ne pouvait imaginer planqué sous le radeau : Eddy, couché de tout son long sur Suzanne, son ventre à lui allongé sur son dos à elle, comme empilés, bras et jambes superposés, ils ont détaché leurs fumigènes et récupèrent, visages collés, joue contre joue et yeux ouverts, il la recouvre entièrement et lui demande doucement, là, ça va?

Mario s'ébroue à cet instant et le Bégé roule sur le côté, te voilà! Où t'étais passé? Debout sur les planches, Mario fait un pas vers eux, titube, aussitôt se tient la jambe, vacille puis soudain s'effondre tandis que Suzanne pousse un cri : hé, qu'est-ce que t'as? Le paquet glisse des mains de Mario et tombe aux pieds d'Eddy qui se précipite dessus et demande aussitôt putain, où c'est que t'as trouvé ça ? Mario est évanoui. La plage est à cinquante mètres.

Ils ont ramené Mario sur le sable, bricolant les gestes des sauveteurs, et déjà ils se prennent au jeu : Eddy est descendu du radeau le premier et, une fois dans l'eau, a tiré Mario par les chevilles tandis que Suzanne le soulevait en le saisissant sous les bras et le faisait glisser contre l'échelle. Puis Eddy a étendu Mario en planche, lui a renversé la tête et a passé un avant-bras sous son menton pour lui maintenir la tête hors de l'eau, a commencé à le tracter en arrière, vers la plage et les lumières, quand Suzanne, elle, a ramassé le paquet, l'a ficelé dans son soutien-gorge, et soulage l'effort d'Eddy en repoussant à chaque brasse Mario au-devant d'elle. La houle est nerveuse, irrégulière, tous trois boivent la tasse. Putain, merci du bain de minuit, Eddy s'essouffle.

Ils sont presque arrivés maintenant, exténués, crachent leurs poumons, crachent l'eau noire de la mer des Grecs, membres ankylosés dans une gaine froide et liquide, pieds et mains bleus, s'apprêtent à traverser la langue de sable pour filer jusqu'aux caboulots qui bordent la plage, mais soudain aperçoivent un groupe d'agents de la Sécurité en fin de patrouille, les gars baguenaudent et lorgnent les terrasses. Eddy et Suzanne doivent attendre encore, se sont agenouillés dans la mer, font flotter Mario comme ils peuvent, Mario qui n'a jamais été aussi blanc, lèvres violettes et yeux cernés de marbrures jaunes, un spectre, enfin la voie est libre, et alors, passant chacun un bras du petit par-dessus leur épaule, ils traversent la plage dans l'ombre des palmiers, avancent péniblement, courbés, lourds et boiteux, sont comme des soldats qui se replient dans les abris, les voilà qui se tassent contre une porte, Eddy ramasse une clé sous une pierre, et ils pénètrent dans un local, dénouent les fumigènes, s'installent dans le noir.

C'est une cabane de plage derrière les gargotes, délaissée mais pas encore abandonnée. L'endroit est sec, éclairé de l'extérieur, les planches disjointes laissent filtrer dans leurs jours les lumières des petits restaurants de la plage, distillent les musiques et les bruits : chocs d'assiettes, raclements de chaises, éclats de voix, rires, tubes de l'été et sirènes de police ululant dans la nuit. On va rester ici, chuchote Eddy, ils ont dû boucler la corniche, on attend demain matin et on se tire en scooter, je l'ai garé là. Suzanne regarde vers le fond de la pièce et capte les chromes du Granturismo, elle acquiesce du menton, t'as des serviettes, des fringues à nous passer? Eddy tâtonne à toute allure sur des étagères, attrape des vieux tee-shirts, des shorts, un parasol de toile, un ciré, un matelas pneumatique. On va lui faire un lit, déclare Suzanne à propos de Mario, on va le coucher. À tour de rôle, concentrés, ils gonflent le matelas, puis y étendent Mario qu'ils ont vêtu d'un gros tee-shirt et recouvert du ciré. Il est blanc, non ? Suzanne demande. C'est sa jambe, Eddy précise, il a mal calculé son saut j'suis sûr, il s'est blessé en se réceptionnant trop près du Cap, mais c'est bon, il ne perd pas de sang, on verra demain – il s'étonne lui-même de son sang-froid, de la fermeté de ses paroles, et Suzanne, également troublée, le regarde avec une curiosité neuve, l'idée lui vient qu'ils ne sont plus des enfants – enfin, enfin, nous y sommes, voilà ce qu'elle se dirait si seulement elle parvenait à formuler sa pensée.

Alors, comme si le moment était venu, elle vient se placer dans un fin rayon de lumière qui traverse la cabane et, ainsi éclairée, tend à Eddy le paquet qu'elle avait coincé dans le soutien-gorge de son maillot, tiens, regarde. Eddy le saisit, fébrile soudain, agité, entreprend de l'ouvrir. C'est long, le Scotch résiste, la colle tient bon, de sorte que, le paquet se refusant à lui, le garçon finit par l'éventrer avec une baleine de métal arrachée à la toile du parasol. Fais gaffe, elle murmure fixant les doigts excités qui élargissent la plaie dans le plastique. Une rayure blanche leur apparaît bientôt, puis le paquet se délite et ils découvrent les sachets de poudre, pressés les uns contre les autres. C'est quoi ? Suzanne enfile un vieux tee-shirt, elle claque des dents. Quoi, tu ne vois pas ce que c'est ? il ne lève même pas les yeux sur elle qui balbutie : de la came, c'est ça, c'est de la came ? Ouais, dit Eddy qui mouille un index professionnel, l'applique dans la poudre puis le porte à sa bouche. Alors ? elle reprend. Eddy hausse les épaules, alors on le prend avec nous, ça représente beaucoup de thune. Maintenant elle aussi goûte la poudre, en dépose une pincée sur le dos de sa main et la renifle d'une narine encore humide, un index bouchant l'autre – singeant également la spécialiste, et intéressée à cette seconde, avide –, relève la tête : ça vaut combien, tu penses ? Finis les balbutiements, sa voix est claire soudain, son regard allumé, elle ajoute, grave, va falloir jouer serré et, face à elle, colmatant maintenant l'échancrure du paquet à l'aide d'une poche en plastique ramassée par terre, Eddy annonce ça nous fera toujours une monnaie d'échange, c'est good – mais je certifie qu'à cet instant ils n'ont pas la moindre idée de ce qu'ils disent.

Ils n'ont plus envie de dormir. Depuis deux minutes, depuis leurs derniers gestes et leurs dernières paroles, ils forcent la situation, forcent le trait, forcent l'allure. Se prennent au jeu.

Ils se sont couchés sur le dos, disjoints, parallèles à Mario qui gémit doucement dans son sommeil, et camarades, frissonnants, leurs cheveux mouillés gouttant toujours dans leur cou glacé, ils se sont enroulés dans la toile du parasol que le sel a durcie, et qui pue l'humidité, le poiscaille et l'huile solaire. Suzanne écoute les bruits du dehors, le vent et le ressac, les souffles dans la cabane et les battements de son cœur, elle garde les yeux au plafond, attend que quelque chose se passe, espère qu'Eddy va la toucher, qu'il passera une paume tiède sous son tee-shirt usé et l'avancera sur ses seins qui se tiennent prêts, le téton au garde-à-vous et l'aréole souple, ou qu'il la remontera le long de sa cuisse, la fera ramper sous l'élastique de son maillot pour qu'elle approche son sexe et le prenne dans sa main, Suzanne y pense, se dit qu'il va basculer sur elle, écartera ses cuisses l'une après l'autre, le torse soutenu au-dessus du sien par les avant-bras, le menton à même son front qui transpire, il va la pénétrer, ils vont coucher ensemble, c'est la grande nuit qui monte, the big night, elle tremble, se dresse sur un coude, le regarde, il a les yeux clos mais sait qu'elle le regarde, espère lui aussi qu'elle va le toucher, le sexe aussi, la main faufilée dans le maillot et la caresse qui moissonne, se dit qu'elle va se coucher sur lui, qu'elle va venir le chercher ; ils remuent mais ne se disent rien, ce n'est pas l'heure, pas encore, et, dans leur sagesse immense, ils se plient à ce temps, et même, ils ne s'embrassent pas. Excités, insomniaques ils se décalent peu à peu dans une autre histoire que la leur. Atteignent lentement le versant sombre de la corniche. Ne sont plus deux adolescents de la Plate, grillant leurs vacances au soleil avec d'autres comme eux, ne sont plus ceux qui, une heure auparavant déconnaient potaches, bravaient la loi municipale et faisaient démonstration d'insolence en éclairant le ciel nocturne pour bien se faire voir : à présent, ils sont reclus pour la nuit dans une cabane poisseuse, un blessé sur le dos, de la came sur les bras, ils doivent se sortir de tout cela, trouver des issues, et le désir s'infiltre entre eux, prolifère : ils sont de futurs amants, ils sont des fugitifs.

L'aube maintenant, l'aube en personne, vaste et fonceuse. Sylvestre Opéra coulisse la baie vitrée de son bureau et sort sur la terrasse, il a mal dormi, il est hirsute, il fouille ses poches avec des gestes mécaniques, ne trouve pas ses cigarettes, ni son doseur de sucre, à ses pieds la bouteille de vodka est vide, cela fait longtemps qu'il ne s'était pas soûlé, il avance au-dehors en se frottant les yeux, tout est silencieux, il pleut, son pied glisse, Sylvestre regarde autour de lui : des taches humides maculent le sol, pastilles d'un brun rougeâtre éclatées sur les façades, sur les toits et les chaussées, sur les chapeaux et les plantes, sur le pelage des animaux, v'la les bouts rouges, murmure-t-il. Sylvestre connaît ces capsules d'eau et de sable que des vents puissants auront ramassées dans les déserts d'Afrique avant de leur faire traverser la mer, v'là les bouts rouges, c'est mauvais signe, prédisent les superstitieux, et pour un peu on sonnerait la cloche, puisque la pluie est lourde alors, et tiède, qu'elle grippe les outils qu'on aura laissés dehors, ravine les habitations, macule les draps oubliés sur la corde à linge, puisqu'elle enfle les fleuves, blesse les oiseaux, ensanglante le paysage, salope tout.

Cette nuit, Sylvestre et ses hommes ont arraisonné le *Will du Moulin* qui détalait comme un lièvre vers les îles du Frioul. Il y avait deux filles dans le bateau, deux Russes effectivement – le cœur d'Opéra vrille et sa température monte –, sportives, yeux froids yakoutes et chevelures ukrainiennes, tatouées au ventre, de grands pieds bronzés. Elles jouent les étonnées, prétendent ne pas connaître un mot de français, le bateau inspecté ne livre aucune trace de trafic de poudre hormis un sac de cash – cinq mille euros – et un carnet qu'Opéra compulse aussitôt, des mots s'y alignent en français, des mots qu'il n'a jamais croisés, le Diesel, les Maures, la Baudroie, il brandit chaque page en travers d'une source lumineuse, cherchant à lire, ensevelis sous d'autres ou écrits à l'encre sympathique, les noms des Antoine, celui de Tony de La Ciotat, celui de l'ex-gérant du Chantaco, cherchant à lire le nom de Tania, s'aimerait cryptologue. Si fiévreux qu'il tombe de tout son long au beau milieu du quai où l'on vient amarrer le voilier, on lui tapote la joue, on l'asperge de flotte, on lui tend un sucre, il reprend du poil de la bête, demande qu'on embarque les deux filles du *Will*, il est minuit, un petit convoi se met en branle vers l'immeuble de la Sécurité où ceux de la Plate se

Sylvestre - personnage grotesque

sont rhabillés et grelottent, ahuris de s'être fait prendre, ils connaissaient pourtant la durée de la grande figure, avaient chronométré leur retraite. À présent, ils se posent des questions, se demandent pourquoi Opéra était sur le pied de guerre, pourquoi ceux de la Sécurité étaient-ils déjà sur la Plate à leur sortie de l'eau, veulent savoir où sont passés Eddy, Mario et Suzanne, s'inquiètent et s'excitent d'hypothèses exagérées – identifié comme le meneur, Eddy a été arrêté avec ses deux comparses et mis au secret, les hommes du Jockey le retiennent pour en faire un exemple –, ils attendent, ils voudraient sortir d'ici mais les parents n'arrivent pas – ils n'arrivent jamais, on a dit pourquoi –, les agents, eux, s'impatientent qu'est-ce qu'on va en faire de ces gosses, on va se les fader toute la nuit ?

Les Russes, escortées de Sylvestre et de ses équipiers, déboulent enfin, tous les téléphones sonnent. C'est la Grande Maison, l'hôtel de ville. Un homme répond, qui se fige, écoute puis reprend à voix haute le contenu de l'appel, ses yeux braqués sur ceux de Sylvestre, oui, oui, hospitalisé, une attaque, il a vu les gosses faire leur saut sur les écrans de surveillance, un choc, oui, il faudra faire toute la lumière sur cette affaire, présenter dès demain les six enfants à un juge, c'est un ordre, affirmatif. Les gosses écarquillent les yeux et transmettent la nouvelle à ceux qui n'ont pas entendu, le Jockey est à l'hosto, mais aucun ne moufte, non, à peine Mickaël et Bruno se rengorgent-ils, articulant un yes de satisfaction, ombrant un sourire à l'extrême coin de la bouche, yes, puis ils regardent Opéra, le regardent maintenant comme s'ils cherchaient un abri.

Plus tard, trois hommes font leur entrée, trempés des pieds aux genoux, un écusson brodé de l'ancre marine cousu sur la poche de leur blouson léger. Patrouillant en Zodiac, ils ont inspecté comme chaque nuit les différents pontons et radeaux amarrés le long des plages, et ramènent ce qu'ils y ont trouvé dont des fumigènes usagés, ramassés sur le premier radeau situé à deux cents mètres à l'est du Cap. Opéra s'en empare et interroge les trois garçons qui maintenant somnolent, hé, ça vous dit quelque chose ? Les garçons examinent les torches, se regardent, puis Ptolémée lâche, catégorique, ce sont celles de Mario, ses torches étaient plus grosses que les nôtres, Mickaël et Bruno confirment du menton. Opéra pivote vers le mur et la carte de la corniche qui s'y ventouse depuis vingt-cinq ans, pose un magister excédé sur un carré d'espace bleu ciel, et conclut à voix basse, ils sont partis par les plages, on s'en occupe demain.

Se tourne alors vers les deux Russes et le traducteur qui patientent eux aussi, on y va. Mais l'interrogatoire se passe mal. Les deux filles sont des touristes en pleine santé, qui aiment la plaisance et font route depuis les Canaries, c'est tout ce dont elles conviennent. Or la fouille du bateau, si elle ne livre pas de trace de came, livre d'autres éléments, parmi lesquels des sachets de préservatifs neufs, d'autres usagés au fond d'un seau, des accessoires sexuels, une dizaine de téléphones portables recelant des vidéos de charme – on y voit les deux Russes jouer avec leurs seins et inviter qui veut à les rejoindre –, de la lingerie spécialisée. Le bateau, c'est votre lieu de travail ? Opéra feuillette les papiers du bord, déchiffre le nom du propriétaire sur le contrat d'assurance, demande une vérification à l'agent qui l'accompagne – tiens, regarde s'il n'est pas fiché comme proxénète – et puis revient sur le trafic, les filles nient, l'une d'entre elles croise les bras sur la table et y pose la tête, dormir, dormir, c'est tout ce qu'elle articule. Alors Sylvestre se lève, sort sa fiole et commence la vodka. La première rasade est un coup de fouet, il revient vers la table, s'y appuie de ses deux bras tendus puis déclare calmement aux filles qu'elles seront expulsées demain, puisque rien n'avance. À ces mots, celle qui fermait les yeux sur ses bras croisés relève la tête et hurle une flopée d'insultes russes que le traducteur convertit sobrement en « non, non, non ». Da, da, da rétorque Opéra qui sent que ça mord, se verse une deuxième rasade, l'alcool le réchauffe, il feint de sortir de la pièce après avoir dit, j'arrête, c'est fini, et alors l'autre fille prend la parole et déclare quand j'ai vu les lumières sur le Cap, j'ai eu peur, j'ai suivi les consignes, j'ai jeté un paquet à la mer. Ah, les consignes de qui ? Opéra demande, je ne sais pas, articule la fille dans un souffle, les consignes d'une voix, à la radio. Opéra reprend, ah, c'est tout? La même continue d'une voix lente, droite comme un I, y avait des jeunes qui se baignaient. Tiens, tiens! Sylvestre outre l'exclamation et les détaille l'une et l'autre. Sont ravagées toutes les deux mais morgueuses, le prennent pour un con. Qu'est-ce qu'il va en faire? Les larguer au dépôt? Elles ont les mêmes bras que Tania, membres maigres et noueux d'adolescentes en fugue, coudes couverts de croûtes, peau extérieure épaisse et dorée, peau intérieure fine et transparente. Alors il déraille, soudain demande aux filles si, justement, elles ne connaîtraient pas une Tania, ouais, une Russe comme elles, Tania, ça vous dit quelque chose? Il a la voix doucereuse de celui qui veut faire bonne figure quand l'alcool se propage à grande vitesse dans son sang. Les deux filles ouvrent des yeux ronds et nient mêmement, mais Sylvestre reprend, hurlant si fort que tous, Russes, collègue et traducteur sursautent synchrones, je répète, Tania, ça vous dit quelque chose, une pute, une pute comme vous, et russe, non? rien? Les filles se serrent l'une contre l'autre comme des siamoises, paniquent, ce gros boiteux est dingue, et celle qui a parlé balbutie de nouveau les mêmes paroles : quand j'ai vu les lumières sur le Cap, j'ai eu peur, j'ai suivi les consignes de la voix à la radio, j'ai jeté le paquet à la mer, je sais pas ce qu'il y avait dedans, je sais pas, je sais rien. L'écoutant, Sylvestre a fermé les yeux et se balance au-dessus de la table, l'abdomen raide comme un culbuto, une fois, deux fois, trois fois, un voile noir tombe sur ses yeux, et, désorienté, il pivote sur lui-même la tête dans les mains, les autres sont médusés et se lancent des regards rapides, ne l'arrêteront pas lorsqu'il sortira du local d'un pas soudain raffermi, le pas de celui qui sait où il va et ce qu'il va y faire, claudique à toute allure, regagne son bureau, va tendre la main vers une alcôve où il saisit une autre bouteille de vodka qu'il renverse tête en bas dans sa bouche ouverte, bientôt débordante comme une fontaine. S'agenouille pour continuer puis prend soin de s'allonger à même le sol. C'est une soif formidable. Elle ameute tout son corps, ameute sa hanche bancale, son sang malade et son ventre cave, ameute ses colères et ses chagrins, c'est un forum, une manifestation, et Sylvestre n'y résiste plus, ne résiste à rien, reçoit la vague dans sa bouche avide, la reçoit comme un bienfait, ça dégouline le long de son menton et ça fuit dans son cou, il garde les yeux clos et glougloute jusqu'à ce qu'il se sente immunisé par l'alcool, purifié par la biture.

V'là les bouts rouges, manquait plus que ça, soupire-t-il maintenant, debout devant le miroir du cabinet de toilette, examinant sans indulgence son visage aspergé qui ruisselle, gueule de flic, gueule de raie, gueule de con, ne peut plus se souffrir et, derrière lui, la sonnerie du téléphone insiste, marteau piqueur têtu, si bien qu'il décroche pour que ça cesse : le Jockey, déjà, réclame les gosses.

Réveillés par le bruit des gouttes qui explosent ploc ploc sur le toit, les gosses ouvrent les yeux dans la cabane de plage. Ils ont eu froid, pieds et mains gourds, lobes des oreilles glacés. Mario le premier se dresse sur les coudes et regarde autour de lui, ne sait pas où il se trouve mais à peine bouge-t-il que sa jambe le vrille, il se souvient, aperçoit sous le ciré des mèches blondes, les cheveux de Suzanne, et au-delà, près de la porte, Eddy couché sur le ventre. Se remémore en vrac les événements de la nuit, le saut by night, la grande figure avec les fumigènes, la blessure, le paquet pris dans son crawl, le radeau, les deux autres allongés l'un sur l'autre, puis plus rien, et il est là maintenant. Ploc ploc. Repère un jour entre deux planches de la cabane, s'y tracte péniblement, y pose un œil, alors oui, il identifie la plage du radeau, à l'est de la Plate, reconnaît l'enseigne de la première gargote. Ploc ploc, des gouttes s'écrasent sur le sable tout autour de la cabane, qu'est-ce que c'est? Eddy lève la tête et

Suzanne aussitôt assise reprend idem : c'est quoi ce bruit? C'est les bouts rouges répond doucement Mario gardant l'œil à la jointure des planches, c'est la pluie d'Afrique. Qu'est-ce qu'on fait? demande Suzanne qui tourne la tête vers Eddy. La grande question. Rien, Eddy répond d'un ton dégagé, rien on attend que ça se passe, les keufs ont déjà dû se pointer chez nous, tout le monde doit se demander où on est, on va faire un tour dans les calanques, on attendra.

Mario se retourne, avise le paquet fendu : ça flottait quand j'l'ai trouvé, vous avez ouvert? et Suzanne lui répond doctement, j'te préviens c'est de la came. Ah ouais? le regard allumé, Mario se traîne sur les fesses et approche un doigt de la poudre. Touche pas! Suzanne a crié, c'est à nous maintenant, ça nous fait une monnaie d'échange. Elle jette un regard satisfait à Eddy, étendu, qui fixe la charpente. Ploc ploc. Pour quoi faire une monnaie d'échange? Mario ouvre des yeux ronds, tu veux échanger quoi? Suzanne se lève et va entrebâiller la porte de la cabane, faut y aller, c'est le moment, y a personne, mais Mario insiste, quoi, aller où? Rieuse, elle revient se planter devant lui, Mario, on ne va pas rester ici, on se barre, pfut, no one, on taille la route, et la came, on la vendra pour vivre. Eddy est éberlué, qu'est-ce qu'elle raconte, elle est devenue folle : t'es dingue! Comment tu t'y prends pour écouler un truc pareil, t'as un carnet d'adresses? Ça tambourine fort au-dessus de leur tête, de plus en plus fort, et Suzanne hausse la voix pour répondre, toi tu fais ce que tu veux mais moi je rentre pas, c'est trop tard, ceux du Jockey ont sûrement déjà chopé les autres, nous briser, c'est ce qu'il veut, c'est ce qu'ils vont faire, et mon père va me tuer… Bah, moi aussi mon père va me tuer rigole Eddy qui finit par se lever et secouer la poussière de ses vêtements tandis que Mario annonce, moi, côté daron, je suis tranquille mais je ne vois pas pourquoi on partirait de chez nous… Les deux autres ne l'écoutent pas, Suzanne a trouvé une paire de bottes en caoutchouc, elle la chausse et se met à piétiner dans la cabane. Conclut d'une voix posée on peut pas revenir en arrière, retourne se placer dans l'entrebâillement de la porte, précise moi, en tout cas, c'est trop tard, je ne reviens pas en arrière.

Eddy ne rit plus maintenant, il la suit des yeux qui va et vient dans la pénombre. Rentrer, partir, rentrer, partir, il ne sait plus. Pense ce n'est tout de même pas si grave, ce saut by night, rentrer simplifierait tout, il y aurait des cris, des amendes à payer, un jugement sans doute, mais au bout du compte il reprendrait sa vie d'avant. Sa vie de la Plate, sa vie avec ses potes. La seule vie qu'il connaisse, celle où il est quelqu'un, sa vie de seigneur sur son royaume. Mais le paquet luit sous ses yeux. Multiplicateur de solutions, il ouvre un champ. On tient là une fortune. C'est fou. Ce serait bon de s'affranchir du sale petit cogneur qui lui tient lieu de père, de la morne femme soumise qui lui tient lieu de mère, ce serait bon de s'affranchir de tout ça, de montrer qui on est, de partir faire un tour. Jouer les prolongations, les faire tous chier encore un peu. Pour voir. Et la fille lui plaît. Elle sautille là devant la porte entrouverte, sprinteuse au départ de la course, les cheveux ébouriffés comme au sortir d'un sous-bois, prête à jaillir au-dehors. Elle n'est pas folle, non, elle s'apprête seulement à partir, à quitter la corniche – la corniche et les petits cons de la corniche –, elle décolle, elle a déjà dépassé le seuil, sa détermination est telle qu'elle entraîne les garçons dans son sillage et son excitation est telle qu'elle contamine la cabane qui mute peu à peu centrifugeuse palpitante. Ploc ploc, putain c'est crispant à la longue ce martèlement de la pluie. Eddy se tourne vers Mario, qui a compris à voir la figure de son ami que se jouait quelque chose de grave, ne le quitte pas des yeux, et attend, les traits tirés et la peau grise, attend qu'il parle. Rester, partir, rester, partir, Eddy fixe le kilo de came empaqueté dans le plastique noir, s'hypnotise sur sa déchirure blanche : c'est ce paquet sauvé des eaux qui a fait dévier la situation, pile au moment où il l'a fendu devant la fille, à la seconde même où la baleine de fer du parasol pénétrait la poudre et s'y enfonçait comme une mèche.

Rester, partir, rester, partir. À présent, ils ont changé de braquet, lui comme elle, et l'idée de la fuite pousse en eux – à peine s'ils en sentent la sourde germination bien qu'ils soient éveillés, en alerte, un sang vif dans les jambes. Oui, au fond, ils sont déjà partis, se sont déjà déportés hors de l'étroit sillon domestique pour s'ouvrir à l'humanité entière, se sont déjà mis en route, possédés par une autre perspective. Alors Eddy s'approche à son tour de la porte de cette case pourrie qui est maintenant une case départ, écarte le battant d'un geste sûr, risque une tête hors de la cabane, aussitôt plonge dans un silence ouaté, les gouttes rouges éclatent sur le sable mou, la mer piaule doucement sur le rivage, deux types marchent sur la plage munis de cannes à pêche. On y va, il se tourne vers les deux autres et, joignant le geste à la parole, vamos.

Il faut sortir le scooter du fond de la cabane sans se faire repérer par ceux qui travaillent dans les caboulots et ne vont pas tarder à arriver. Eddy ramasse le colis de drogue, l'ajuste dans l'élastique de sa ceinture, et chaussé de baskets cuites par le sel, et crevées, va chercher sa machine et la déplace vers la sortie, l'immobilise roue avant sur le seuil et, pivotant vers Mario qui ne peut se lever, lui recommande de ne pas bouger, on va te hisser dessus. Suzanne lui prête main-forte et ils le halent ensemble sur la selle, puis y montent à leur tour, Eddy devant, Suzanne à l'arrière. Mais le gamin ne parvient pas à se stabiliser, sa jambe est bleue, gonflée, elle cogne contre le moteur. Il glisse peu à peu vers le sol, se cramponne à Eddy, le scooter vacille, manque de verser sur le côté. C'est pas jouable comme ça, Eddy grimace, ça va pas le faire, Mario, replie mieux ta jambe, et Mario s'exécute sans succès, j'y arrive pas.

Le ciel espace ses bombes à eau. Le temps s'échappe entre les gouttes et les trois adolescents font maintenant l'expérience de la fuite, des gestes de la fuite, ont compris que l'essentiel était de conserver une ligne de force, l'injonction primaire, ils ne s'arrêtent pas, enchaînent les tentatives. Suzanne a le regard rivé sur Eddy, qu'est-ce qu'on fait ? une question qui tord le ventre de Mario, il déclare vous en faites pas pour moi, je saurai rentrer, allez-y, allez-y sans moi. Les deux autres hésitent. Eddy jette un œil sur les étagères, on va te faire une attelle, attends. Non, allez-y sans moi. Suzanne a sauté du scooter, elle attrape une vieille serviette et des lacets de baskets, bricole une attelle et la fixe sur la jambe de Mario qui sourit – toi, t'es MacGyver on dirait – tandis qu'Eddy, pieds au sol de part et d'autre de sa machine et les mains sur le guidon, tend le cou au-dehors. On fait comme j'ai dit, on descend dans les calanques et on attend la nuit, après on roulera vers la frontière. Il jette un œil sur sa montre puis s'adresse à Suzanne, faut se grouiller, ils vont bientôt ouvrir les caboulots, et alors y aura trop de monde pour sortir. Elle opine du chef, oui, oui, on y va – depuis qu'ils sont en marche, ces deux-là se concertent d'une voix sûre, outrant le calme des professionnels quand leur visage demeure celui d'un enfant au sortir du sommeil, petits yeux gonflés, cils crottés, bouche sèche, ils jouent parfaitement, admirables, précis, économes et créatifs, et foncent à présent.

Ils sont prêts, enfin assis sur la selle étroite, et déjà courte pour eux trois, Suzanne enlace Mario à la taille et le maintient tant qu'elle peut, Mario qui glisse et tangue de sorte que l'engin aussi se déséquilibre, la pluie tiède les gêne, le sable gorgé d'eau douce n'arrange rien, colle aux roues, ils avancent mal, s'enlisent au moindre virage, c'est pénible – mais c'est toujours pénible, et ardu et malaisé de s'arracher de la sorte –, atteignent enfin le parking derrière la plage où déjà les maîtres-nageurs, sauveteurs, serveurs de bar sortent les parasols, installent les matelas, tranchent les baguettes pour préparer les sandwichs, rentrent les caisses de sodas. Une fois sur le béton du parking, le scooter réagit au quart de tour et file vers la quatre voies, mais l'accélération soudaine, loin de consolider l'équilibre des passagers, provoque un fort mouvement de roulis, Mario sent qu'il va tomber, son attelle se détache, il hurle, arrête, putain je me casse la gueule, je vais tomber, arrête. Eddy freine aussitôt, le scooter dérape sur l'asphalte humide et Suzanne ne peut retenir Mario qui tombe au ralenti sur la chaussée. Eddy coupe le moteur, descend de la machine aussitôt suivi de Suzanne, ils se précipitent, soulèvent leur ami, une main tenant une cheville, une épaule soutenant une aisselle, ils se débrouillent, sont sales et humides, maintenant, la pluie boueuse dégouline sur leur peau nue et tache leur tee-shirt, tout poisse et glisse. Ils déposent Mario sur un parterre de pelouse en bordure de parking, faut le laisser là, dit la fille, on va pas y arriver sinon. Eddy s'accroupit et se penche sur Mario qui a fermé les paupières – il a les bras égratignés, le visage tordu par la souffrance, les genoux couverts d'ecchymoses – déblatère à toute allure, le visage grave, faut qu'on y aille, on te retrouvera là-bas, et Mario articule faiblement, où ? où est-ce qu'on va se retrouver ? T'inquiète lui souffle Eddy, on t'attend, je t'appellerai dès que j'aurai écoulé ça – il tire sur son maillot de bain et montre le paquet, sourire, clin d'œil, et alors ce sera la belle vie. Le petit le regarde intensément et lui rend son sourire, tu me donneras ma part, Bégé, tu me fileras ma thune, hein, c'est moi qui l'ai trouvé le paquet, t'oublies pas. T'inquiète, Eddy le salue selon le rituel de la bande : phalange contre phalange, poing contre poing, paume contre paume et la main de Mario retrouve peu à peu de la force, à plus tard Bégé ; ouais, à plus tard morpion. Suzanne s'est accroupie à son tour, t'inquiète, y a pas de danger qu'on t'oublie, alors se penche sur Mario, le regarde au fond des yeux et dépose sur sa bouche un baiser – comédienne, elle joue la scène, Eddy est médusé par son savoir-faire. Un rayon de soleil crève le ciel gluant et fait reluire le macadam, il est près de dix heures maintenant, Eddy sort les casques du coffre arrière de la bécane, en tend un à Suzanne, démarre le moteur, encore un signe de la main vers Mario qui leur répond idem, adios, adios, et ainsi blindés, Suzanne ceignant de ses bras la taille d'Eddy, ils décampent vers le levant.

Étendu depuis une demi-heure sur cette pelouse jaune, Mario ne sent plus sa jambe, la fièvre recouvre sa souffrance et déleste son corps, il lui semble qu'il sort de lui-même, soudain se déloge de son squelette pour prendre de la hauteur et alors se voit, il se voit tel qu'il est, seul et blessé, le petit maillot de bain usé et le tee-shirt lardé de mazout, il se voit couché sur le dos dans l'herbe sale, aqueuse : il est seul, maigre et abandonné. Les autres l'ont fait : partir sans lui, il n'a pas rêvé. Eddy lui a fait son clin d'œil de branleur de la Plate, Suzanne lui a donné son baiser de la mort et puis ils ont pris la route. Il ne comprend pas, Mario, ne comprend plus rien – lucide pourtant connaît le Bégé comme sa poche, extralucide même. Puisque la fille n'est pas terrible, elle est même moche, un gros cul pas de seins et un pif pas possible, qu'elle n'est pas comme eux, et que personne la connaît, tout le monde le lui a dit, au Bégé, tout le monde l'a prévenu. N'aurait jamais cru que l'idée d'une fugue en scooter se cristalliserait de la sorte, que ça deviendrait tangible, cette histoire-là, et enfin qu'il n'en serait pas. Le Bégé est un salaud, le Bégé s'est taillé putain, il l'a fait. Il s'est taillé alors que la Plate c'est chez nous, qu'on y est entre nous, qu'on y est comme des rois. Rien de mieux ailleurs, ils n'iront pas loin. Mario serre les dents, les serre si fort que ses maxillaires se hissent sous ses joues, osselets pointus marqueurs de fureur.

Il n'a pas vu venir le break rouge de Sylvestre Opéra qui longeait les plages à vitesse lente depuis l'aube, ni ne l'a entendu qui freinait à l'entrée du parking et s'arrêtait à quelques mètres de lui. Aussi sursaute-t-il quand il distingue à contre-jour, énorme et bouffi, le visage du directeur de la Sécurité du littoral penché sur lui. Qu'est-ce qui t'est arrivé ? Mario se redresse aussitôt, le dos ostensiblement droit, répond d'une voix ferme – lui aussi comédien – rien, je suis tombé, c'est tout, mais Sylvestre inspecte le corps du garçon, jauge la gravité de son état, tord la bouche, et déjà il retrousse ses manches pour le soulever et le porter à la voiture, je te conduis à l'hôpital, et, à ces mots, Mario fond en larmes et détourne la tête.

Plus tard, il renifle sur le siège avant, le pare-brise et les vitres sont salies par des projections de boue qui, par endroits, masquent le dehors. Il ne dit rien. La colère enfle phlegmon dans sa gorge, il a mal, il s'est fait prendre, il a du mal à respirer. Eddy et Suzanne ont fui ensemble, l'ont largué comme une merde emportant son pactole. Il regarde le ciel aveugle, sait que le soleil sera franc à midi, toute boue séchée, et que vers l'est un scooter aubergine filera dans les calanques tandis que lui sera enfermé, il pleure encore, il pleure de rage.

À côté de lui, Sylvestre, glacial, se penche en avant, passe une main sous son siège, en ressort des torches usagées, ce sont les tiennes ? Mario ne tourne pas la tête. Pense c'est une histoire de dingue, fauché en plein vol, il a été fauché en plein vol comme on dit, la jambe hors d'usage à l'heure de partir, à l'heure où l'histoire accélérait. Ho, c'est à toi ? Sylvestre lui agite les torches sous le nez, Mario y jette un œil oblique, renifle, consent un ouais, peut-être. T'as autre chose à me dire ? Sylvestre accélère et la corniche défilant contre la vitre semble elle aussi prendre de la vitesse, parce que moi j'ai plein de trucs à te dire. La voiture passe le Cap, moignon géologique qui élève contre un ciel triste ses parois bossues couleur de fer – on dirait une patte d'éléphant coupée pense Mario qui se tient également la jambe –, puis elle longe la Plate déserte : pas un voltigeur, pas un cri, pas la moindre éclaboussure. Moi, je vais t'en raconter, Sylvestre amorce, je vais te raconter ce qui s'est passé hier parce que t'as beau être malin, tu ne sais pas tout. Ce qu'ignorait Mario, c'est qu'au matin, coriace – la haine conserve –, à peine avait-il soulevé la paupière que le Jockey avait hurlé les salauds, les p'tits salauds, un râle immonde, et l'équipe de garde accourue n'avait pu l'empêcher d'appeler Opéra, je les veux tous, je les veux tous, tous – il s'égosillait, perfusé –, qu'il en manque un seul et vous serez brisé, qu'il en manque un seul, de ces gosses, de ces délinquants, de cette vermine, et vous serez fini. Fini, moi, brisé, tu vois un peu. Opéra, laconique, tend à Mario une Lucky puis conclut froidement tu vois, vous faites les malins, vous vous croyez plus malins que les autres, plus forts que tout le monde, vous vous prenez pour des cadors. Et voilà ce qui arrive.

Bientôt l'hôpital, le gosse est livide mais Opéra le pilonne. Sont où tes petits copains ? Sont partis filer le parfait amour et toi t'es tout seul. Sont pas bien loin, je le sais, dis-moi où. Il gare la voiture devant l'entrée des Urgences, détache sa ceinture, pose une patte sur la poignée de la portière, déclare : tu devrais m'aider, tu devrais m'aider parce que moi je peux t'aider. Alors Mario se tourne vers lui, s'étonnant pour la première fois de la drôlerie du visage de Sylvestre – les cheveux frisés en monticule vertical sur la tête en forme de poire, le gros nez, les yeux noir mica, le menton lourd –, qu'est-ce que tu peux faire pour moi ? Opéra se laisse aller contre le dossier, je peux dire que tu n'étais pas dans le dernier saut, t'éviter l'amende (lève le pouce), t'éviter le jugement (lève l'index), éviter que tu sois dans le collimateur de l'assistante sociale, empêcher que tu sois placé (lève le majeur). Mario sursaute, Sylvestre se déteste. Détourne les yeux à son tour, esquivant le gosse et son regard buté où l'enfance rapplique subitement à fond de train. Plus tard – mais au bout de combien de temps car les secondes comptaient doubles, et c'était l'innocence qui fuyait maintenant, fuyait de partout –, Mario souffle, ils ont un paquet de came, ils sont dans les calanques.

Il existe, au bout de la corniche Kennedy, une zone de calanques sauvages et déshydratées que l'on pénètre par la mer, sinon par un sombre goulet qui dévale la pente des gorges, soubresaute à travers les éboulis et les ronciers. C'est un vieux secteur de contrebande traversé de chemins de terre qui sinuent au gré du relief. Des graffitis centenaires sont gravés sur les rochers, des douilles de carabine se ramassent encore par terre ; longtemps des masures à flanc de gorge y ont abrité des baudets de confiance tandis que la broussaille recelait des cabanes misérables où survivaient, assoiffés et bientôt dingues, meurtriers, déserteurs, clandestins de toutes sortes.

La quatre voies que l'on connaît y conduit tout droit, s'étrécissant au fur et à mesure des kilomètres. Un entonnoir en vérité, un défilé au bout de quoi l'espace s'évase : une crique, un môle de béton, puis la mer entière pour continuer sur une ligne infinie. C'est là, sur un replat caillouteux à l'aplomb de la dernière calanque, qu'ils descendent du scooter, ôtent leur casque et secouent aussitôt la tête comme des motards dans les stations-service.

Une brise tiède montée du canyon souffle sur leur visage et dégage leur front. Les bouts rouges sont secs, le soleil force, il est presque midi. Ils ont fait la route d'une traite – blanche corniche cossue, boulevard maritime desservant les plages, avenue rectiligne cadastrant les cités, rue de banlieue pavillonnaire, vieille départementale agreste hérissée d'affiches publicitaires, chemin communal frangé de mûriers platanes, sentier vicinal cahoteux fumant le plâtre au passage des deux-roues et goulet, donc –, ont roulé sans se parler mais gueulant parfois dans les virages, se sont frayé un passage dans le flot des véhicules qui leur faisait escorte et, le trafic s'amenuisant, ont accru leur vitesse car c'était leur plaisir, impatients qu'ils sont de s'avancer toujours plus vite et plus avant sur le front de la vie ; ils ont les yeux brûlés par le soleil qui monte devant eux, les joues râpées par les vents, et sur la langue la poussière de l'asphalte : ils ont la peau des aventuriers.

Leurs ombres s'effilent peu à peu, lames noires au pourtour acéré, elles ne se touchent pas mais les tiennent côte à côte, prêts à tout, transpirants et loqueteux, tee-shirts puants, baskets avariées, bottes en caoutchouc, le ventre qui gargouille, la salive épaissie sur les papilles et l'haleine des bestiaux, autant dire qu'ils sont nus, sans effets, un dénuement propice aux virées les plus dingues, puisque pauvres et neufs c'est toujours ainsi que tout commence. En silence, ils s'avancent et tendent le cou vers le fond de la gorge pour toucher de l'œil la mer infiltrée là, piscine turquoise aux reflets ondoyant sur les parois du canyon. La gorge qui est comme un cristallisoir où tout prend corps.

Tu connaissais ici ? Eddy demande, ouvrant le coffre du scooter. Non, Suzanne secoue la tête puis précise, c'est la première fois que je vais dans les calanques. Ah, t'es d'où au fait ? il reprend, sortant du coffre une petite bouteille d'eau dont il arrache le bouchon avec les dents. Suzanne boit la première, une longue gorgée, devine – elle sourit, contente de son coup. Toi t'es du Nord, il pointe sur elle un index assuré, les filles du Nord sont blondes. Ah ouais, bah non, je suis pas du Nord. Il se baisse, ramasse un caillou au sol et le balance dans la calanque. T'es d'où alors ? Il s'agace, pas trop envie de jouer aux devinettes. L'année dernière, j'habitais Paris, elle savoure cette annonce et, à son tour, jette un caillou au loin. Ah, Eddy sourit, je vois, ça vaut rien, il était temps que j'arrive. Il blague, elle est éblouie, plisse les paupières, ajoute et toi, t'es bien d'ici hein ? Yes, c'est pile mon coin, depuis que je suis petit, il hausse les épaules et ajoute, rieur, en même temps on s'en fiche un peu d'où on vient, on en a rien à foutre. Suzanne hésite, puis acquiesce, étonnée, heureuse d'être étonnée.

Ils dilapident les cailloux autour d'eux, les projettent au loin dans le précipice, si loin qu'ils ne les entendent pas retomber, pas plus qu'ils n'entendent Mario qui s'étouffe de rage, couché sur un brancard de couloir d'hôpital, ni les parents qui s'engouffrent dans les voitures en se jetant au visage la responsabilité du désastre – ton fils découche, ta fille est fugueuse – puis démarrent les moteurs et accélèrent aussitôt, ni même le bruit d'eau que font les Russes, libérées à l'aube, inspectant le rivage, de l'eau jusqu'aux genoux, épuisées. Et encore moins le break rouge de Sylvestre Opéra qui roule à l'instant sous la voûte de platanes entre les pancartes proclamant les McDo et les hypermarchés. Ils n'entendent rien, ont oublié tout ce qui blesse, ce qui boite et entrave, ont oublié tout le monde et ne pensent à personne, sont terribles à cette heure, sans scrupules et sans remords : rien ne les pousse dans le dos, rien qu'ils doivent fuir, c'est même l'inverse, c'est l'avant, ce qui est au-devant qui les fait fuir comme on se presse au bal.

Ils longent calmement l'aplomb de la gorge et suivent la ligne de crête jusqu'à la mer plus claire. T'as toujours le vertige, Eddy interroge Suzanne, les yeux perdus dans la couche gazeuse qui brasille autour d'eux, t'as toujours peur de tomber? Elle acquiesce sans bouger, je ne peux même pas expliquer, j'ai une trouille bleue. Ils sont face à l'abîme, des herbes ont poussé sur l'arête de la falaise, ultime rempart végétal avant le puits cobalt du ciel. Ils n'entendent rien, ni le bruissement de la couche d'ozone qui se troue à toute allure, ni la fracture qui s'opère en eux, n'entendent rien, décidément, quand soudain la terre tremble, leur corps reçoit des secousses furtives, ils vacillent mais, funambules sans balancier, conservent les pieds collés au sol ; de petits cailloux de plâtre roulent entre leurs pieds et tombent dans le vide. Ils se retournent dans un même mouvement : le break rouge est là, machine incongrue enfarinée de gypse, et Opéra, lentement, marche dans leur direction – il ne boite pas. Fin de partie, les gosses, il crie, la main en cornet au-devant de la bouche, je vous ramène à la maison, il a le pas régulier et le bras tendu, paume ouverte, on peut lui faire confiance, donnez-moi le paquet et venez avec moi.

Sans répondre, Eddy et Suzanne pivotent vers la ligne d'horizon, il oblique les yeux sur elle qui a progressé de quelques centimètres, le corps perpendiculaire au précipice, allumette froide encore mais prête à enflammer le ciel comme un combustible, il lui chuchote hé fais gaffe à pas tomber chérie, j'aimerais pas, et elle sourit, toi aussi fais gaffe. Dans leur dos, Sylvestre Opéra s'avance, bon sang, venez maintenant, finies les conneries et Suzanne demande à Eddy d'une drôle de voix, fais voir le colis. Eddy dénoue sa ceinture et détache le paquet, soupèse, bras tendu. Ensemble, ils posent les yeux sur l'entaille blanche comme s'ils touchaient une boîte magique, puis le garçon élève le paquet dans le soleil pour faire reluire le plastique, ils n'entendent rien, sont captivés par la fumerolle qui s'échappe du paquet, petit panache blanc sitôt dissous dans le ciel sensuel et violent, et qui accélère son débit de poudre, accélère sa fuite, si bien que la déchirure s'échancre et que le nuage s'intensifie, c'est un signal indien qui monte dans le ciel. Le garçon et la fille sourient. C'est dingue. Le colis miroite comme une source.

DU MÊME AUTEUR

Aux Éditions Verticales

JE MARCHE SOUS UN CIEL DE TRAÎNE, 2000.

LA VIE VOYAGEUSE, 2003.

NI FLEURS NI COURONNES, collection « Minimales », 2006.

CORNICHE KENNEDY, 2008 (Folio n° 5052).

NAISSANCE D'UN PONT, 2010. Prix Médicis et prix Franz Hessel 2010 (Folio n° 5339).

TANGENTE VERS L'EST, 2012. Prix Landerneau 2012.

RÉPARER LES VIVANTS, 2014. Roman des étudiants France Culture-*Télérama* 2014 ; Grand Prix RTL-*Lire* 2014 ; prix Orange du livre 2014 ; prix littéraire Charles Brisset ; prix des lecteurs *L'Express*-BFMTV 2014 ; prix Relay des Voyageurs avec Europe 1 ; prix Paris Diderot-Esprits libres 2014 ; élu meilleur roman 2014 du magazine *Lire* ; prix Pierre Espil 2014 ; prix Agrippa d'Aubigné 2014 (Folio n° 5942).

À CE STADE DE LA NUIT (1re éd. Éditions Guérin, 2014), collection « Minimales », 2015.

Chez d'autres éditeurs

DANS LES RAPIDES, *Naïve*, 2007 (Folio n° 5788).

NINA ET LES OREILLERS, illustrations d'Alexandra Pichard, *Hélium*, 2011.

PIERRE FEUILLE CISEAUX, photographies de Benoît Grimbert, *Le Bec en l'air*, 2012.

VILLES ÉTEINTES, photographies de Thierry Cohen, textes de Maylis de Kerangal et Jean-Pierre Luminet, *Marval*, 2012.

HORS-PISTES, *Thierry Magnier*, 2014.

UN CHEMIN DE TABLE, collection « Raconter la vie », *Seuil*, 2016.

COLLECTION FOLIO

Dernières parutions

6149. Marcel Conche	*Épicure en Corrèze*
6150. Hubert Haddad	*Théorie de la vilaine petite fille*
6151. Paula Jacques	*Au moins il ne pleut pas*
6152. László Krasznahorkai	*La mélancolie de la résistance*
6153. Étienne de Montety	*La route du salut*
6154. Christopher Moore	*Sacré Bleu*
6155. Pierre Péju	*Enfance obscure*
6156. Grégoire Polet	*Barcelona !*
6157. Herman Raucher	*Un été 42*
6158. Zeruya Shalev	*Ce qui reste de nos vies*
6159. Collectif	*Les mots pour le dire. Jeux littéraires*
6160. Théophile Gautier	*La Mille et Deuxième Nuit*
6161. Roald Dahl	*À moi la vengeance S.A.R.L.*
6162. Scholastique Mukasonga	*La vache du roi Musinga*
6163. Mark Twain	*À quoi rêvent les garçons*
6164. Anonyme	*Les Quinze Joies du mariage*
6165. Elena Ferrante	*Les jours de mon abandon*
6166. Nathacha Appanah	*En attendant demain*
6167. Antoine Bello	*Les producteurs*
6168. Szilárd Borbély	*La miséricorde des cœurs*
6169. Emmanuel Carrère	*Le Royaume*
6170. François-Henri Désérable	*Évariste*
6171. Benoît Duteurtre	*L'ordinateur du paradis*
6172. Hans Fallada	*Du bonheur d'être morphinomane*
6173. Frederika Amalia Finkelstein	*L'oubli*

6174. Fabrice Humbert — *Éden Utopie*
6175. Ludmila Oulitskaïa — *Le chapiteau vert*
6176. Alexandre Postel — *L'ascendant*
6177. Sylvain Prudhomme — *Les grands*
6178. Oscar Wilde — *Le Pêcheur et son Âme*
6179. Nathacha Appanah — *Petit éloge des fantômes*
6180. Arthur Conan Doyle — *La maison vide* précédé du *Dernier problème*
6181. Sylvain Tesson — *Le téléphérique*
6182. Léon Tolstoï — *Le cheval* suivi d'*Albert*
6183. Voisenon — *Le sultan Misapouf et la princesse Grisemine*
6184. Stefan Zweig — *Était-ce lui ?* précédé d'*Un homme qu'on n'oublie pas*
6185. Bertrand Belin — *Requin*
6186. Eleanor Catton — *Les Luminaires*
6187. Alain Finkielkraut — *La seule exactitude*
6188. Timothée de Fombelle — *Vango, I. Entre ciel et terre*
6189. Iegor Gran — *La revanche de Kevin*
6190. Angela Huth — *Mentir n'est pas trahir*
6191. Gilles Leroy — *Le monde selon Billy Boy*
6192. Kenzaburô Ôé — *Une affaire personnelle*
6193. Kenzaburô Ôé — *M/T et l'histoire des merveilles de la forêt*
6194. Arto Paasilinna — *Moi, Surunen, libérateur des peuples opprimés*
6195. Jean-Christophe Rufin — *Check-point*
6196. Jocelyne Saucier — *Les héritiers de la mine*
6197. Jack London — *Martin Eden*
6198. Alain — *Du bonheur et de l'ennui*
6199. Anonyme — *Le chemin de la vie et de la mort*
6200. Cioran — *Ébauches de vertige*
6201. Épictète — *De la liberté*
6202. Gandhi — *En guise d'autobiographie*
6203. Ugo Bienvenu — *Sukkwan Island*
6204. Moynot – Némirovski — *Suite française*
6205. Honoré de Balzac — *La Femme de trente ans*

6206. Charles Dickens	*Histoires de fantômes*
6207. Erri De Luca	*La parole contraire*
6208. Hans Magnus Enzensberger	*Essai sur les hommes de la terreur*
6209. Alain Badiou – Marcel Gauchet	*Que faire ?*
6210. Collectif	*Paris sera toujours une fête*
6211. André Malraux	*Malraux face aux jeunes*
6212. Saul Bellow	*Les aventures d'Augie March*
6213. Régis Debray	*Un candide à sa fenêtre. Dégagements II*
6214. Jean-Michel Delacomptée	*La grandeur. Saint-Simon*
6215. Sébastien de Courtois	*Sur les fleuves de Babylone, nous pleurions. Le crépuscule des chrétiens d'Orient*
6216. Alexandre Duval-Stalla	*André Malraux - Charles de Gaulle : une histoire, deux légendes*
6217. David Foenkinos	*Charlotte*, avec des gouaches de Charlotte Salomon
6218. Yannick Haenel	*Je cherche l'Italie*
6219. André Malraux	*Lettres choisies 1920-1976*
6220. François Morel	*Meuh !*
6221. Anne Wiazemsky	*Un an après*
6222. Israël Joshua Singer	*De fer et d'acier*
6223. François Garde	*La baleine dans tous ses états*
6224. Tahar Ben Jelloun	*Giacometti, la rue d'un seul*
6225. Augusto Cruz	*Londres après minuit*
6226. Philippe Le Guillou	*Les années insulaires*
6227. Bilal Tanweer	*Le monde n'a pas de fin*
6228. Madame de Sévigné	*Lettres choisies*
6229. Anne Berest	*Recherche femme parfaite*
6230. Christophe Boltanski	*La cache*
6231. Teresa Cremisi	*La Triomphante*

6232.	Elena Ferrante	*Le nouveau nom. L'amie prodigieuse, II*
6233.	Carole Fives	*C'est dimanche et je n'y suis pour rien*
6234.	Shilpi Somaya Gowda	*Un fils en or*
6235.	Joseph Kessel	*Le coup de grâce*
6236.	Javier Marías	*Comme les amours*
6237.	Javier Marías	*Dans le dos noir du temps*
6238.	Hisham Matar	*Anatomie d'une disparition*
6239.	Yasmina Reza	*Hammerklavier*
6240.	Yasmina Reza	*« Art »*
6241.	Anton Tchékhov	*Les méfaits du tabac* et autres pièces en un acte
6242.	Marcel Proust	*Journées de lecture*
6243.	Franz Kafka	*Le Verdict – À la colonie pénitentiaire*
6244.	Virginia Woolf	*Nuit et jour*
6245.	Joseph Conrad	*L'associé*
6246.	Jules Barbey d'Aurevilly	*La Vengeance d'une femme* précédé du *Dessous de cartes d'une partie de whist*
6247.	Victor Hugo	*Le Dernier Jour d'un Condamné*
6248.	Victor Hugo	*Claude Gueux*
6249.	Victor Hugo	*Bug-Jargal*
6250.	Victor Hugo	*Mangeront-ils ?*
6251.	Victor Hugo	*Les Misérables. Une anthologie*
6252.	Victor Hugo	*Notre-Dame de Paris. Une anthologie*
6253.	Éric Metzger	*La nuit des trente*
6254.	Nathalie Azoulai	*Titus n'aimait pas Bérénice*
6255.	Pierre Bergounioux	*Catherine*
6256.	Pierre Bergounioux	*La bête faramineuse*
6257.	Italo Calvino	*Marcovaldo*
6258.	Arnaud Cathrine	*Pas exactement l'amour*
6259.	Thomas Clerc	*Intérieur*
6260.	Didier Daeninckx	*Caché dans la maison des fous*
6261.	Stefan Hertmans	*Guerre et Térébenthine*

6262. Alain Jaubert	*Palettes*
6263. Jean-Paul Kauffmann	*Outre-Terre*
6264. Jérôme Leroy	*Jugan*
6265. Michèle Lesbre	*Chemins*
6266. Raduan Nassar	*Un verre de colère*
6267. Jón Kalman Stefánsson	*D'ailleurs, les poissons n'ont pas de pieds*
6268. Voltaire	*Lettres choisies*
6269. Saint Augustin	*La Création du monde et le Temps*
6270. Machiavel	*Ceux qui désirent acquérir la grâce d'un prince...*
6271. Ovide	*Les remèdes à l'amour* suivi de *Les Produits de beauté pour le visage de la femme*
6272. Bossuet	*Sur la brièveté de la vie* et autres sermons
6273. Jessie Burton	*Miniaturiste*
6274. Albert Camus – René Char	*Correspondance 1946-1959*
6275. Erri De Luca	*Histoire d'Irène*
6276. Marc Dugain	*Ultime partie. Trilogie de L'emprise, III*
6277. Joël Egloff	*J'enquête*
6278. Nicolas Fargues	*Au pays du p'tit*
6279. László Krasznahorkai	*Tango de Satan*
6280. Tidiane N'Diaye	*Le génocide voilé*
6281. Boualem Sansal	*2084. La fin du monde*
6282. Philippe Sollers	*L'École du Mystère*
6283. Isabelle Sorente	*La faille*
6285. Jules Michelet	*Jeanne d'Arc*
6286. Collectif	*Les écrivains engagent le débat. De Mirabeau à Malraux, 12 discours d'hommes de lettres à l'Assemblée nationale*
6287. Alexandre Dumas	*Le Capitaine Paul*
6288. Khalil Gibran	*Le Prophète*

6289. François Beaune	*La lune dans le puits*
6290. Yves Bichet	*L'été contraire*
6291. Milena Busquets	*Ça aussi, ça passera*
6292. Pascale Dewambrechies	*L'effacement*
6293. Philippe Djian	*Dispersez-vous, ralliez-vous !*
6294. Louisiane C. Dor	*Les méduses ont-elles sommeil ?*
6295. Pascale Gautier	*La clef sous la porte*
6296. Laïa Jufresa	*Umami*
6297. Héléna Marienské	*Les ennemis de la vie ordinaire*
6298. Carole Martinez	*La Terre qui penche*
6299. Ian McEwan	*L'intérêt de l'enfant*
6300. Edith Wharton	*La France en automobile*
6301. Élodie Bernard	*Le vol du paon mène à Lhassa*
6302. Jules Michelet	*Journal*
6303. Sénèque	*De la providence*
6304. Jean-Jacques Rousseau	*Le chemin de la perfection vous est ouvert...*
6305. Henry David Thoreau	*De la simplicité !*
6306. Érasme	*Complainte de la paix*
6307. Vincent Delecroix/ Philippe Forest	*Le deuil. Entre le chagrin et le néant*
6308. Olivier Bourdeaut	*En attendant Bojangles*
6309. Astrid Éliard	*Danser*
6310. Romain Gary	*Le Vin des morts*
6311. Ernest Hemingway	*Les aventures de Nick Adams*
6312. Ernest Hemingway	*Un chat sous la pluie*
6313. Vénus Khoury-Ghata	*La femme qui ne savait pas garder les hommes*
6314. Camille Laurens	*Celle que vous croyez*
6315. Agnès Mathieu-Daudé	*Un marin chilien*
6316. Alice McDermott	*Somenone*
6317. Marisha Pessl	*Intérieur nuit*
6318. Mario Vargas Llosa	*Le héros discret*
6319. Emmanuel Bove	*Bécon-les-Bruyères* suivi du *Retour de l'enfant*
6320. Dashiell Hammett	*Tulip*
6321. Stendhal	*L'abbesse de Castro*

6322. Marie-Catherine Hecquet — *Histoire d'une jeune fille sauvage trouvée dans les bois à l'âge de dix ans*
6323. Gustave Flaubert — *Le Dictionnaire des idées reçues*
6324. F. Scott Fitzgerald — *Le réconciliateur* suivi de *Gretchen au bois dormant*
6325. Madame de Staël — *Delphine*
6326. John Green — *Qui es-tu Alaska ?*
6327. Pierre Assouline — *Golem*
6328. Alessandro Baricco — *La Jeune Épouse*
6329. Amélie de Bourbon Parme — *Le secret de l'empereur*
6330. Dave Eggers — *Le Cercle*
6331. Tristan Garcia — *7. romans*
6332. Mambou Aimée Gnali — *L'or des femmes*
6333. Marie Nimier — *La plage*
6334. Pajtim Statovci — *Mon chat Yugoslavia*
6335. Antonio Tabucchi — *Nocturne indien*
6336. Antonio Tabucchi — *Pour Isabel*
6337. Iouri Tynianov — *La mort du Vazir-Moukhtar*
6338. Raphaël Confiant — *Madame St-Clair. Reine de Harlem*
6339. Fabrice Loi — *Pirates*
6340. Anthony Trollope — *Les Tours de Barchester*
6341. Christian Bobin — *L'homme-joie*
6342. Emmanuel Carrère — *Il est avantageux d'avoir où aller*
6343. Laurence Cossé — *La Grande Arche*
6344. Jean-Paul Didierlaurent — *Le reste de leur vie*
6345. Timothée de Fombelle — *Vango, II. Un prince sans royaume*
6346. Karl Ove Knausgaard — *Jeune homme, Mon combat III*
6347. Martin Winckler — *Abraham et fils*

EVERYBODY ON DECK
PRÉSENTE

CORNICHE KENNEDY

UN FILM DE
DOMINIQUE CABRERA

D'APRÈS LE ROMAN DE **MAYLIS DE KERANGAL**

AVEC AÏSSA MAÏGA LOLA CRÉTON KAMEL KADRI ALAIN DEMARIA MOUSSA MAASKRI

SCÉNARIO DOMINIQUE CABRERA PIERRE LINHART ADAPTATION PHILIPPE GÉONI ALAIN DEMARIA KAMEL KADRI MÉLISSA GUILBERT HAMZA BAGGOUR MAMAA BOURAS FRANCK CAVANNA JULIE LAVOCAT LINDA LASSOUED D'APRÈS LE ROMAN DE MAYLIS DE KERANGAL PARU AUX © ÉDITIONS GALLIMARD, VERTICALES, 2008 IMAGE ISABELLE RAZAVET SON XAVIER GRIETTE MOURAD LOUANCHI ÉRIC TISSERAND MUSIQUE BÉATRICE THIRIET MONTAGE SOPHIE BRUNET ASSISTANTE MISE EN SCÈNE MARIE FISCHER DIRECTION DE PRODUCTION ISABELLE TILLO PRODUIT PAR GAËLLE BAYSSIÈRE ET DIDIER CRESTE UNE PRODUCTION EVERYBODY ON DECK AVEC LA PARTICIPATION DU CNC, DE CANAL+ AVEC LE SOUTIEN DE LA RÉGION PROVENCE ALPES-CÔTE D'AZUR ET DE LA SACEM

CNC CANAL+ Région PACA NATIXIS sacem SDI jour2fête

Composition Entrelignes
Impression Novoprint
à Barcelone, le 11 avril 2018
Dépôt légal : avril 2018
1er dépôt légal dans la collection : mars 2010

ISBN 978-2-07-041699-8/Imprimé en Espagne.

réalisme du lieu

réalisme sociale

particuliarité de l'écriture, → cinéma

↳ jumelles → cadre

↳ elle nous fait entendre la voix
passe d'une voix à l'autre
imperceptiblement
- imérger dans un autre monde
- choquant

334702